CONTOS
AMAZÔNICOS

Inglês de Sousa (1853-1918)

CONTOS AMAZÔNICOS

Inglês de Sousa

Edição preparada por
SYLVIA PERLINGEIRO PAIXÃO

*Copyright © 2004, Livraria Martins Fontes Editora Ltda.,
São Paulo, para a presente edição.*

1ª edição *1893*
Laemmert e C. Editores
2ª edição *1988*
Editora Presença
4ª edição *2021*

Acompanhamento editorial
Helena Guimarães Bittencourt
Revisões
Célia Regina Camargo
Sandra Regina de Souza
Dinarte Zorzanelli da Silva
Produção gráfica
Geraldo Alves
Paginação
Moacir Katsumi Matsusaki
Capa
Adriana Maria Porto Translatti

Dados Internacionais de Catalogação na Publicação (CIP)
(Câmara Brasileira do Livro, SP, Brasil)

Sousa, Inglês de, 1853-1918.
 Contos amazônicos / Inglês de Sousa. – 4ª ed. – São Paulo : Editora WMF Martins Fontes, 2021. – (Coleção contistas e cronistas do Brasil)

ISBN 978-65-86016-82-6

1. Contos brasileiros I. Título. II. Série.

21-73800   CDD-869.93

Índices para catálogo sistemático:
1. Contos amazônicos : Literatura brasileira   B869.93

Cibele Maria Dias - Bibliotecária - CRB-8/9427

Todos os direitos desta edição reservados à
Editora WMF Martins Fontes Ltda.
Rua Prof. Laerte Ramos de Carvalho, 133 01325.030 São Paulo SP Brasil
Tel. (11) 3293.8150 e-mail: info@wmfmartinsfontes.com.br
http://www.wmfmartinsfontes.com.br

COLEÇÃO
"CONTISTAS E CRONISTAS DO BRASIL"

Vol. I – Inglês de Sousa

Esta coleção tem por objetivo resgatar obras de autores representativos da crônica e do conto brasileiros, além de propor ao leitor obras-mestras desse gênero. Preparados e apresentados por respeitados especialistas em nossa literatura, os volumes que a constituem tomam sempre como base as melhores edições de cada obra.

Sylvia Perlingeiro Paixão, que preparou a presente edição dos *Contos amazônicos*, é doutora em Literatura Comparada pela Universidade Federal do Rio de Janeiro. Professora titular da UniverCidade (RJ), está atualmente lecionando na Universidade da Borgonha, Dijon, onde reside. Publicou inúmeros artigos sobre a literatura feminina no Brasil, além de *A fala a-me-*

nos: a repressão do desejo na poesia feminina do séc. XIX.

Coordenador da coleção, Eduardo Brandão é tradutor de literatura e ciências humanas.

ÍNDICE

Introdução IX
Cronologia XXIX
Nota sobre a presente edição XXXI

CONTOS AMAZÔNICOS

Voluntário 3
A feiticeira 25
Amor de Maria 41
Acauã 59
O donativo do capitão Silvestre 73
O gado do Valha-me-Deus 89
O baile do judeu 103
A quadrilha de Jacó Patacho 111
O rebelde 129

Bibliografia sobre Inglês de Sousa 201
Glossário 203

INTRODUÇÃO

Herculano Marcos Inglês de Sousa nasceu em Óbidos, Pará, em 28 de dezembro de 1853. Embora tenha passado a maior parte de sua vida fora da cidade natal, é nela que o autor vai se inspirar ao compor a sua obra literária.

Os primeiros estudos foram feitos no Pará, Maranhão e Rio de Janeiro. Mas é em São Paulo que o escritor, seguindo a tradição da época, torna-se bacharel em Direito. Sob o pseudônimo de Luiz Dolzani, Inglês de Sousa publica três romances em Santos (*O cacaulista*, *História de um pescador* e *O coronel sangrado*) antes de escrever sua obra mais importante – segundo os críticos –, *O missionário*.

Divide a carreira de ficcionista com as de bacharel e político, privilegiando esta última, tendo sido, inclusive, governador de Sergipe e do Espírito Santo. Fixando-se no Rio de Janeiro como advogado e professor de Direito, o escritor paraense foi também deputado federal, banqueiro e jornalista, além de membro fundador da Academia Brasileira de Letras, cadeira 28, cujo patrono era Manoel Antônio de Almeida. Sua obra de ficção pertence à fase naturalista, revelando um grande espírito de observação, amor à natureza e uma especial fidelidade às cenas regionais. Amigo de Sílvio Romero, a ele dedicou sua última obra de ficção, *Contos amazônicos*, publicada em 1893, no Rio de Janeiro, onde falece em 6 de setembro de 1918.

Com a influência do cientificismo nas últimas décadas do século XIX e através da literatura francesa, sobretudo de Émile Zola, o Naturalismo chega ao Brasil. Sem ter sido uma força representativa dentro das nossas letras, transforma a literatura realista em documento centrado principalmente nas ciências médicas. Para o Naturalismo, nada existe de sobrenatural, cabendo às leis científicas a explicação de todos os fenômenos da natureza. A visão materialista do homem e da vida é o suporte de temas sociais que valorizam a sociedade, sobretudo a camada dos oprimidos, destacando muitas vezes os aspectos bestiais e repulsivos da vida.

Inglês de Sousa foi testemunha de uma notável época de transformações políticas, religiosas e literárias no Brasil. A instabilidade de todas as coisas se mostra através das instituições que vão sendo desmitificadas, aparecendo falidas, impróprias de conviverem com o novo pensamento que se forma no país.

À questão social, vista na chaga vergonhosa da escravidão, segue-se a questão religiosa, abalando os alicerces do catolicismo, até então intocável. A guerra do Paraguai mostra as deficiências da organização militar, ao mesmo tempo que a monarquia sofre os primeiros abalos. O Segundo Império deixa escapar a sua falência, subjugado pelo espírito das campanhas abolicionista e republicana, que se acentuam a partir de 1870.

É o momento perfeito para a proliferação das idéias cientificistas. O Positivismo será adotado como filosofia de vida por muitos dos nossos intelectuais, e é sob a égide dessa teoria que os republicanos formarão as bases para as mudanças políticas.

Darwinismo, evolucionismo, determinismo, naturalismo são correntes que se aliam no combate à estagnação, em busca de transformações políticas, sociais e religiosas.

Na literatura, o Romantismo se abria para o progresso e a liberdade, na sua derradeira fase. Já se nota, no fazer literário, uma nova maneira de ver o mundo, uma nova dimensão entre o autor e a matéria de sua obra, vista sem a interferência de uma exagerada subjetividade.

O escritor romântico deixava-se envolver por mitos idealizantes, tais como a natureza-mãe, a natureza-refúgio. A idéia de pátria estava ligada à idéia de terra: quanto mais rica a terra, maior seria a pátria. O sentido do nacionalismo nasce dessa fusão entre terra/bela e pátria/grande[1]. As belezas naturais eram motivo e tema literários, usadas de forma abusiva no sentido de criar uma paisagem exótica cheia de promessas quanto a um futuro idealizado.

Antonio Candido, no ensaio intitulado "Literatura e subdesenvolvimento", chama de "fase de consciência amena de atraso" este momento em que a ideologia de "país novo" produz obras em que a natureza é idealizada e mitificada exageradamente: nossa terra era a mais rica, a mais fértil, aqui "tudo se plantando dá", como dizia na carta de Caminha. A esperança no futuro refletia-se numa literatura que destacava e privilegiava a descrição do verde das matas e do "azul do céu".

A partir de Castro Alves e de Sousândrade, a matéria literária passa a ser vista sob uma ótica menos entremeada de sentimentalismos. A ligação entre o escritor e o objeto literário começa a se fazer de forma impessoal, despojada de qualquer interferência emotiva ou sentimental. A subjetividade cede lugar à objetividade, resposta às

---

1. Ver CANDIDO, Antonio. "Literatura e subdesenvolvimento". In: *A educação pela noite e outros ensaios*. São Paulo: Ática, 1987.

correntes científicas que propõem uma exatidão cada vez maior no trato com o motivo literário.

A literatura realista, que domina o panorama cultural nas últimas décadas do século XIX, se transforma em naturalista, à medida que os personagens são submetidos ao destino traçado por forças superiores à sua vontade – as leis naturais impelem o homem a determinada direção, sem que ele possa dominá-las.

Nesse contexto, Inglês de Sousa escreve a sua obra *Contos amazônicos*, publicada em 1893. As nove histórias que compõem o volume poderiam ser consideradas quase como crônicas de costumes da época, ou melhor, um documento social elaborado a partir da observação de vários aspectos da região da Amazônia, onde a luta do homem contra o meio selvagem em que a vida se apresentava como uma sucessão de embates sociais e políticos era também a luta contra a natureza que o ameaçava. Personagens típicos da sociedade de Óbidos, no Pará, bem como habitantes marginalizados do interior desfilam nas páginas do livro, ilustrando a vida social e política de meados do século XIX, embora não seja essa a principal característica da obra de Inglês de Sousa. À medida que se lê os contos, percebe-se uma unidade temática, fatos cotidianos comuns se entrelaçam compondo um todo, centralizado no que há de típico na região amazônica.

Essa região, banhada pelo rio Amazonas, foi o paraíso dos naturalistas que ali aportaram com a finalidade de aplicar seus métodos científicos que explicam o homem através da raça e do meio geográfico em que vivem. Cientistas nacionais, como Ferreira Pena, Barbosa Rodrigues, Couto Magalhães[2], entre outros, levantam o retrato da terra e das tribos indígenas. O grande marco do lugar é, evidentemente, o rio, essa grande artéria regional que atravessa cidades e se desdobra em pequenos afluentes invadindo vilas e povoados perdidos pelo interior do Brasil. Na corredeira de suas águas, todo o mistério de uma região assombrada por histórias fantásticas se multiplica em mitos e crendices populares que servirão de tema às narrativas de Inglês de Sousa.

No entanto, uma leitura mais acurada mostra que Inglês de Sousa privilegia mais as lutas que afligem o homem moralmente: a opressão do mais forte sobre o mais fraco, e também a força indômita da própria natureza que faz desse habitante das paragens remotas e esquecidas uma vítima impotente das forças contra as quais se vê impossibilitado de lutar. Não podemos dizer que o autor se desdobra nos detalhes da descrição, marca dos naturalistas; aqui, o importante é o destaque conferido às forças naturais que

---

2. Informação retirada da *Enciclopédia Barsa*.

amedrontam e tornam o homem sujeito ao domínio de temores e superstições.

No momento em que o Naturalismo privilegia a ciência, Inglês de Sousa traz toda uma bagagem de lendas, mitos nascidos na Amazônia, e mostra de que maneira o indivíduo se deixa dominar pelo medo ainda arraigado nos personagens que sofrem com o canto agourento do acauã, com a ameaça noturna da anaconda, que pode surgir de dentro das águas dos rios a qualquer momento. Isso, entretanto, não impede o olhar do cientista, que aparece entremeado de críticas – quase delicadas – ao atraso de uma região vítima do esquecimento das autoridades.

No decorrer da leitura prazerosa dos contos, o leitor se deixa levar pelo fascínio de mitos e lendas da Amazônia, mas ao mesmo tempo escapa ao mergulho no irreal pela intervenção precisa do autor, já preocupado com a análise objetiva dos fatos. As feiticeiras, os curandeiros são agora traídos pelo comentário do cientista que desmitifica as crendices populares e introduz sutilmente medos e horrores reais, trazidos pelas lutas sociais e políticas que povoaram a região numa época de grandes transformações no Brasil. É o caso da cabanagem, revolta que tomou conta da região paraense em meados do século XIX, retratada no conto "A quadrilha de Jacó Patacho" e na novela "O rebelde". Torturas, vinganças, histórias medonhas e violentas mostram que o grande inimigo do homem não está na natureza, mas sim no próprio homem, como podemos ver no discurso de Paulo da Rocha, personagem de "O rebelde", ao explicar a origem e a violência da cabanagem:

> Paulo da Rocha dissertou longamente sobre as causas da cabanagem, a miséria originária das populações inferiores, a escravidão dos índios, a crueldade dos brancos, os inqualificáveis abusos com que esmagam o pobre tapuio, a longa paciência destes. (…) mas que quem tinha a culpa disso era a raça dominante, pois queria conservar o caboclo na mais completa ignorância, que o enchia de superstições para dominá-lo, e depois não queria que fosse subjugado por essas mesmas superstições, que os patriotas do Pará, inteligentemente inspirados, punham em jogo para o arrancar a uma apatia secular (p. 108).

O escritor naturalista procura retratar a Amazônia, enumerando não só os mitos que ali se formam, como também desfazendo a idéia de atraso e de inferioridade através da crítica sutilmente elaborada.

Infinidade de aves são descritas através de um vocabulário de grande riqueza, assim como plantas exóticas, estranhos costumes que aparecem no colorido vivo da linguagem de Inglês de Sousa. Além da beleza, essas descrições suscitam a curiosidade, o interesse pelo diferente, pelo desconhecido, pelo excêntrico. Penas negras, bicos amarelados, caudas avermelhadas voam pelas páginas dos contos, sugerindo diversas significações, conforme a necessidade.

É o caso da magnífica narrativa "Acauã", que nos fala dessa ave cujo canto é considerado de mau agouro pelo povo. A história é comum: o capitão Jerônimo Ferreira, viúvo com uma filha de dois anos, certa vez se perde no caminho de volta para casa, em meio ao silêncio e à solidão comuns em ambientes aterrorizantes como a floresta amazônica. A chuva e os relâmpagos aumentam a atmosfera de terror que se completa com um ruído pavoroso: "da colossal sucuruji, que reside no fundo dos rios e dos lagos. Eram os lamentos do monstro em laborioso parto" (p. 62).

O capitão foge apavorado, seguido pelo grito que aumenta, até que tropeça e cai: "Com a queda, espantou um grande pássaro escuro que ali parecia pousado, e que voou cantando: Acauã, acauã!" (p. 63).

Está formada toda a trama misteriosa e, no curso da leitura, já se pressente o desfecho trágico.

Em outras passagens, há o nomear exaustivo das aves raras da Amazônia, que habitam a região selvagem e monótona: "... só campo e céu, céu e campo e de vez em quando bandos e bandos de marrecas, colhereiras, nambus, maguaris, garças, tuiuiús, guarás, carões, gaivotas, maçaricos e arapapás que levantam o vôo debaixo das patas dos cavalos, soltando gritos agudos" ("O gado do Valha-me-Deus", p. 89).

Não é outra a intenção do conto "O baile do judeu", que narra uma festa igual a tantas outras, cuja diferença está na presença de um sujeito estranho, que dança divinamente sem tirar o chapéu da cabeça, despertando não só a curiosidade, como o ciúme dos presentes:

> (…) ao começar a música, lá se pôs o sujeito a dançar, fazendo muitas macaquices, segurando a dama pela mão, pela cintura, pelas espáduas, nuns quase-abraços lascivos… (p. 107).

A música aumenta o ritmo, enquanto o casal rodopia cada vez mais rápido pelo salão, desviando para si todos os olhares e comentários:

> No meio dessa estupenda valsa, o homem deixa cair o chapéu, e o tenente-coronel, que o seguia assustado para pedir que parasse, viu com horror que o tal sujeito tinha a cabeça furada. E em vez de ser homem era um boto, sim, um grande boto, ou o demônio por ele (…) (p. 110).

O boto, na Amazônia, é um misto de peixe e homem, que surge de dentro das águas em noites de lua cheia, com o propósito de seduzir as jovens, que por ele se apaixonam, envolvidas pela sensualidade dessa figura mítica. Quando na forma humana, o boto apresenta-se como um jovem simpático, atraente e sedutor, dominando as jovens a ponto de fazer com que, enfeitiçadas, abandonem seus lares para seguir o monstro. Como tem um furo na cabeça – marca que o torna reconhecido –, o boto anda sempre de chapéu, o que protege a sua identidade demoníaca.

O mito do boto está, portanto, narrado de forma divertida no conto de Inglês de Sousa, embora termine de forma trágica, como convém a toda história relativa a este monstro brincalhão e sedutor.

Mas não só de mitos é feita a história da região amazônica. Também os problemas sociais e políticos serão motivo literário para o autor paraense, conforme já foi dito. A formação social da Amazônia nos fala da luta entre portugueses e nativos, num tempo de muita matança e perseguição ao índio, também chamado de tapuio.

Em todos os contos, a preocupação do autor não está em descrever propriamente estados de alma, concentrando-se mais em mostrar o caráter dos personagens através da ação exterior destes. As cenas são descritas como se de fato estivessem acontecendo num palco onde atores se mostram para uma platéia sem a interferência do olho indiscreto de uma câmera – ou de um narrador – que porventura pudesse influenciar o espectador-leitor. A observação prevalece sobre a interpretação, demonstrando uma grande objetividade na análise dos fatos.

Não se pode afirmar que Inglês de Sousa tenha tido preocupação em defender a situação do povo da Amazônia, no sentido de despertar a consciência para uma região afastada dos grandes centros urbanos e promover mudanças sociais. O olho observador descreve a realidade sem segundas intenções, a não ser a de narrar os fatos, sem que a subjetividade prejudique o real.

Os contos são como capítulos seriados de um romance que situa e constrói a região amazônica aos olhos de um leitor ávido e curioso, sedento do exótico, que é aos poucos transfigurado, transformando-se na coisa como ela é. Daí o fato de algumas histórias terminarem bruscamente, muitas vezes de forma trágica. A figura do herói romântico transmuta-se na do herói simplesmente, o homem como objeto das forças naturais a ele impostas numa região rica de motivos físicos e míticos para tal. Sempre que possível, os contos refletem sobre a sujeição do homem às crendices e superstições, demonstrando assim o intuito de promover o saber científico.

Em "Amor de Maria", uma história de amor não correspondido acaba em tragédia, virando uma lenda. Maria se apaixona por Lourenço, moço volúvel que hesita entre ela e uma outra, Lucinda. Alguém sugere a Maria uma espécie de feitiço a fim de conquistar o homem amado, feitiço este que consistia no preparo de uma poção mágica à base de plantas. Acontece o terrível, pois a erva usada nada mais era do que um perigoso e mortal veneno. Morre o rapaz e, ironicamente, a planta é rebatizada de "amor de Maria", e o autor não escapa a uma crítica às superstições:

> Custa-me a acabar esta triste história, que prova quão perniciosa é a crença do nosso povo em feitiços e feiticeiras. O tajá inculcado à pobre moça, como infalível elixir amoroso, é um dos mais terríveis venenos vegetais do Amazonas (p. 56).

Interessante é a alusão feita pelo autor a propósito do sentimento feminino, visto como efeito de influências perniciosas e nefastas:

> Aquele amor rápido e profundo, feito talvez de muitos sentimentos contrários, produziu-lhe grande mudança nos hábitos, nos modos e no gênio. Vivia triste e aflita, vítima indefesa de uma paixão ardente, de uma dessas paixões que a gente só admite nas novelas, mas que também existem na vida real, principalmente entre as mulheres de nossa terra, impressionáveis em extremo (p. 50).

Podemos notar a preocupação do autor em construir a personagem feminina como conseqüência do meio em que vive. Em relação à mulher, o Naturalismo parece tê-la forçado mais do que nunca a adoecer, e o "excesso de imaginação", considerado pernicioso a "frágeis temperamentos", fatalmente a tornava vítima da histeria ou da loucura.

Nos inúmeros romances que então aparecem, as anomalias se sucedem sobretudo nas mulheres, personagens quase sempre emudecidas, que não falam, a não ser por sinais doentios, e só conseguem se salvar através do casamento. Fora isso, a danação, a loucura.

Maria Mucuim, por exemplo, é uma velha tapuia acerca de quem são elaboradas as mais terríveis histórias de feitiçaria. Tendo sido caseira de um padre, Maria Mucuim passa os dias retirada após a morte do patrão e desperta incríveis fantasias na mente dos outros, que a vêem como a própria imagem do demônio.

> ... essas criaturas malditas que fazem pacto com o inimigo (...). [Para logo em seguida resvalar para o perigo:] Então, tia velha, é certo que você tem pacto com o diabo? (Lá se me escapou a palavra maldita, (...) Deus me perdoe) (pp. 29-30).

E toda a narrativa se desenrola através da descrição do local pavoroso em que vive Maria Mucuim, ao som dos gritos tenebrosos da velha. A minúcia das descrições revela o narrador preocupado em mostrar ao leitor a realidade dos fatos, e não a possibilidade de serem frutos de uma bizarra imaginação. É a região da Amazônia, na verdade, a autora, a escritora, a ficcionista maior, que se esconde por trás de um autor que se deixa conduzir fascinado pela imposição naturalista de narrar o que lhe é dado ver e observar.

É curioso observar as anomalias retratadas sob a forma da loucura em mulheres histéricas ou solitárias a quem falta um modelo feminino – a mãe –, como poderia ser o caso futuro da menina Júlia, de "O rebelde", ou da pequena filha do viúvo de "Acauã", órfãs de mãe que seriam fatalmente vistas como histéricas sob a ótica naturalista.

Em *O homem*, de Aluísio Azevedo, Magda é órfã de mãe, tendo sido criada pelo pai. A sua danação advém da perda do homem amado que, embora não saiba, é seu meio-irmão. O seu sofrimento só poderia ser sanado com um casamento, conforme recomenda o médico ao pai aflito. São os mesmos passos seguidos por Ana Rosa em *O mulato*, também de Aluísio Azevedo; por Lenita, em *A carne*, de Júlio Ribeiro, bem como por Maria do Carmo, em *A normalista*, de Adolfo Caminha. São mulheres órfãs que apresentam sintomas de histeria no choro, nas convulsões e desmaios súbitos, mulheres que buscam no casamento a salvação da loucura e da solidão[3].

---

3. Para um estudo mais completo, consultar SUSSEKIND, Flora. *Tal Brasil qual romance*. Rio de Janeiro: Achiamé, 1984.

Por sua localização ao norte do Brasil, banhada pelo mar que recebe as caudalosas águas do maior rio do país, a região recebeu diversos estrangeiros, que chegaram atraídos pela promessa de um enriquecimento fácil, ou mesmo pela curiosidade em conhecer o exótico da região. Daí a mistura de línguas naquele momento: ingleses, franceses, holandeses juntam-se aos portugueses; índios e brancos se cruzam e dão origem ao caboclo, tipo que será o mais característico do lugar. Há um momento em que se fala mais a língua do índio que a do branco, chegando a ser proibida a fala indígena, numa tentativa de impor o idioma português.

Toda essa luta de raças e culturas que vão se misturando, nem sempre de forma cordial, está presente nos *Contos amazônicos*. É comum a presença de personagens ingleses, que retratam os aventureiros que desembarcaram na região em busca do novo, sendo recebidos com certa hostilidade pelos moradores do lugar. Convivendo com brasileiros, incorporam à nossa língua palavras estrangeiras, compondo um estranho modo de falar, como podemos ver em "O donativo do Capitão Silvestre":

> Os ingleses atacavam a murros e "goddemes", e o Permanente era só rasteiras e cabeçadas, e zás! trancafiou os "beefs" no xilindró (p. 80).

Aliada a isso tudo, uma linguagem coloquial e regional caracteriza a narrativa de Inglês de Sousa, mostrando de forma realista o dia-a-dia do vilarejo, num viver de pequenas ambições, de pequenas intrigas, por vezes uma existência que procura imitar o que vem dos centros urbanos nacionais e estrangeiros.

Inglês de Sousa traça o perfil da região amazônica, mencionando as atividades mais características no momento, como as plantações de cacau, o cultivo da cana-de-açúcar, assinalando sutilmente o hábito que tinham os moradores de beberem muita cachaça, conforme se queixavam alguns governantes da época.

Em "O gado do Valha-me-Deus", é contada a busca de reses foragidas através de regiões de difícil acesso. O tapuio, o caboclo da região, não se deixa vencer pelo obstáculo e desafia o desconhecido e o atemorizante. A busca se desenvolve com afinco, o tapuio vencendo dificuldades no sentido de atingir o seu objetivo, o que não acontece. Importa ao narrador a descrição dessa procura incansável e não propriamente a sua realização heróica. É assim que os costumes vão sendo notificados, à medida que a caminhada se desenrola.

> E os cavalos, cansados, trocando a andadura, e nós com pena deles, a farinha acabada, de pirarucu nem uma isca, sem arma para atirar aos pássaros, nem vontade para isso, sem uma pinga de

aguardente, sem uma rodela de tabaco, e a batida do gado espichando diante de nós... (p. 100).

Antonio Candido, no ensaio anteriormente mencionado, diz ainda que a literatura brasileira passa, depois da "consciência de atraso", correspondente à "ideologia de país novo", para uma fase por ele denominada "consciência de subdesenvolvimento", fase esta que será amplamente divulgada pelo regionalismo dos anos 1930. A realidade dos solos pobres, a penúria cultural, o analfabetismo, aliados à exploração do mais fraco pelo mais forte, são temas abordados pelo escritor de então, mostrando uma região marginalizada, esquecida pelas autoridades responsáveis em prover condições dignas de vida a esse povo miserável.

Não é esse o caso do regionalismo de Inglês de Sousa, cujos contos procuram fixar o homem na paisagem amazônica, surpreendendo e apreendendo suas lutas e fraquezas em meio a um ambiente natural propício ao nascimento de deuses e demônios, de heróis e de anti-heróis. É esta região hostil, exótica, impregnada de mistérios, lendas e mitos que constrói a realidade do habitante da Amazônia, transformado em personagem fictício, mas com um destino sombrio, o que, se de alguma forma caracteriza o Naturalismo, é também o reflexo de todo esse contexto onde habita o caboclo, o tapuio, o cabano.

É naturalmente melancólica a gente da beira do rio. Face a face toda a vida com a natureza grandiosa e solene, mas monótona e triste do Amazonas, isolada e distante da agitação social, concentra-se a alma num apático recolhimento, que se traduz externamente pela tristeza do semblante e pela gravidade do gesto (p. 6).

SYLVIA PERLINGEIRO PAIXÃO

CRONOLOGIA

1853. 28 de dezembro: nasce Herculano Marcos Inglês de Sousa, em Óbidos, Pará.

1876. Depois dos primeiros estudos no Pará, Maranhão e Rio de Janeiro, Inglês de Sousa recebe o diploma de Direito, em São Paulo. Publica os romances *O cacaulista* e *História de um pescador*. Exerce advocacia e jornalismo em São Paulo. Foi governador de Sergipe, Espírito Santo, fixando-se no Rio de Janeiro, onde trabalhou como advogado e professor de direito.

1877. Publica o romance *O coronel sangrado*.

1891. Publica o romance *O missionário*, considerado um dos mais típicos do Naturalismo brasileiro.

1893. Publica *Contos amazônicos*, diversas obras jurídicas e inéditos.

1896. 15 de dezembro: fundação da Academia Brasileira de Letras, no Rio de Janeiro, da qual

Inglês de Sousa é um dos membros fundadores, tendo sido escolhido como tesoureiro dessa instituição.

1918. 6 de setembro: morre o escritor, no Rio de Janeiro, onde foi também deputado federal, banqueiro e jornalista. Inglês de Sousa adotou os seguintes pseudônimos: Luis Dolzani e Sousa Alemão. Sua obra de ficção pertence ao Naturalismo, tendo revelado grande espírito de observação, amor à natureza e fidelidade extrema às cenas regionais da região da Amazônia.

NOTA SOBRE A PRESENTE EDIÇÃO

Texto baseado na 2ª edição da Editora Presença/INL (de 1988), na coleção "Resgate", coordenada pela professora Luiza Lobo, e preparado por Sylvia Perlingeiro Paixão a partir da 1ª edição (de 1893) publicada em vida do autor.

CONTOS AMAZÔNICOS

… O arroio que serpeia entre pedrinhas
pela relva macia,
bordada em torno sinuosamente,
que pode ele levar
em sua doce e trépida corrente?
– Alguma folha de silvestre rosa
que ingênua divagando,
pastorinha formosa
lhe foi acaso à margem desfolhando.

GARRET

VOLUNTÁRIO

A velha tapuia Rosa já não podia cuidar da pequena lavoura que lhe deixara o marido. Vivia só com o filho, que passava os dias na pesca do pirarucu e do peixe-boi, vendidos no porto de Alenquer e de que tiravam ambos o sustento, pois o cacau mal chegava para a roupa e para o tabaco. Apesar da pobreza rústica da casa, com as suas portas de japá e as paredes de sopapo, com o chão de terra batida, cavada pela ação do tempo, tinha a tapuia em alguma conta o asseio. Trazia o terreiro bem varrido e o porto livre das canaranas que a corrente do rio vinha ali depositando. E se os tipitis, as cuiambucas e todos os utensílios caseiros andavam sempre lavados com cuidado, as redes de dormir pareciam ter saído do tear, de brancas e novas que sempre se encontravam. Rosa tecia redes, e os produtos da sua pequena indústria gozavam de boa fama nos arredores. A reputação da tapuia crescera com a feitura de uma maqueira de tucum ornamentada com a coroa brasileira, obra de ingênuo gosto, que lhe valera a admiração de toda a comarca e provocara a inveja da célebre Ana Raimunda, de Óbidos, a qual chegara a formar uma fortunazinha com aquela especialidade, quando a indústria norte-americana reduzira à inatividade os teares rotineiros do Amazonas. Ana Raimunda seria uma coisa nunca vista no fabrico de redes de aparato, mas não lhe receava Rosa a competência na tecedura do algodão e do tucum, talento de que tinha quase tanto orgulho como de haver parido o mais falado pescador daquela redondeza.

Pedro era em 1865 um rapagão de dezenove anos, desempenado e forte. Tinha olhos pequenos, tais quais os do pai, com a diferença de que eram vivos, e de uma negrura de pasmar. A face era cor de cobre, as feições achatadas e grosseiras, de caboclo legítimo, mas com um cunho de bondade e de candura, que atraía o coração de quantos lhe punham a vista em cima. Demais, serviçal e alegre até ali. Os viajantes, tocando no porto do sítio da velha Rosa, seguindo para Alenquer ou de lá voltando, ficavam cativos da doçura e da afabilidade com que se oferecia o rapaz para os acompanhar à vila, ou dava conselhos práticos sobre a viagem e os pousos.

Quanto à generosidade, basta dizer que jamais lhe sucedia arpoar um pirarucu sem presentear com a ventrecha aos vizinhos pobres, e se num belo dia lhe caía a sorte de matar um peixe-boi no lago, havia festa em casa. Todos os conhecidos recebiam um naco da carne do saboroso mamífero, bebiam um trago da cachacinha da velha e voltavam para o seu sítio, proclamando com a língua grossa e pesada a felicidade da tia Rosa, que tinha um filho tão amigo dos pobres. Era o mais destro pescador do igarapé de Alenquer. Nenhum conhecia melhor do que ele as manhas do pirarucu e da tartaruga, nenhum governava melhor a leve montaria, nem mandava a maior altura a grande flecha empenada, que, revolvendo em vertiginosa queda, vinha fisgar certeira o caso dos ardilosos batrácios. Para o Pedro da velha Rosa, todo o mês era de piracema. Que se queixassem os outros da avareza da estação. Ele voltava sempre para casa com algum pescado, ao menos uma cambada de aruanás ou de tucunarés de caniço. Era um pescador feliz, o diacho do rapaz, e a velha Rosa devia viver muito contente!

E vivia.

A tapuia passava de ordinário os dias sentada num banquinho diante do tear, trabalhando nas suas queridas redes, que lhe pareciam superiores às dos Estados Unidos, com cuja concorrência vitoriosa lutava debalde a rotineira indústria, e fumando tabaco de Santarém num comprido cachimbo de taquari, com cabeça de barro queimado. Quando caía a tarde, depois de ter comido a sua lasca de pirarucu assado ou a gorda posta do fresco tambaqui, com pirão de farinha d'água, molho de sal, pimenta e limão, ia sentar-se à soleira da porta, de onde contemplava o magnífico espetáculo do pôr-do-sol entre os aningais da margem do rio, e ouvia o canto da cigarra, chorando saudades da efêmera existência, que a tananá oculta, em doce estribilho, consolava.

É naturalmente melancólica a gente da beira do rio. Face a face toda a vida com a natureza grandiosa e solene, mas monótona e triste do Amazonas, isolada e distante da agitação social, concentra-se a alma num apático recolhimento, que se traduz externamente pela tristeza do semblante e pela gravidade do gesto.

O caboclo não ri, sorri apenas; e a sua natureza contemplativa revela-se no olhar fixo e vago em que se lêem os devaneios íntimos, nascidos da sujeição da inteligência ao mundo objetivo, e dele assoberbada. Os seus pensamentos não se manifestam em palavras por lhes faltar, a esses pobres tapuios, a expressão comunicativa, atrofiada pelo silêncio forçado da solidão.

Haveis de ter encontrado, beirando o rio, em viagem pelos sítios, o dono da casa sentado no terreiro a olhar fixamente para as águas da correnteza, para um bem-te-vi que canta na laranjeira, para as nuvens brancas do céu, levando horas e horas esquecido de tudo, imóvel e mudo numa espécie de êxtase. Em que pensará o pobre tapuio? No encanto misterioso da mãe d'água, cuja sedutora voz lhe parece estar ouvindo no murmúrio da corrente? No curupira que vagabundeia nas matas, fatal e esquivo, com o olhar ardente cheio de promessas e de ameaças? No diabólico saci-pererê, cujo assovio sardônico dá ao corpo o calafrio das sezões? Em que pensa? Na vida? É talvez um sonho, talvez nada. É uma contemplação pura.

Dessa melancolia contínua dão mostra principalmente as mulheres, por causa da vida que levam. Os homens sempre andam, vêem uma ou outra vez gente e coisas novas. As mulheres passam toda vida no sítio, no mais completo isolamento. Assim, a tapuia Rosa, que de nada se podia queixar, com a vida material segura, suprema ambição do caboclo, foi sempre dada a tristezas; a fronte alta e calma, os olhos pequenos e negros e a boca séria tinham uma expressão de melancolia que impressionava à primeira vista. Teria a natureza estampado naquele rosto o pressentimento de futuras desgraças, ou a mesquinhez da alma humana ante a majestade do rio e da floresta a predispunha a não oferecer resistência aos embates da adversidade? Era a saudade do esposo morto ou o receio vago dos fracos diante dos arcanos do futuro?

Ninguém o podia dizer, mas é certo que até o princípio do ano de 1865 correram tranqüilos os dias no cacaual da velha Rosa.

Quem não sabe o efeito produzido à beira do rio pela notícia da declaração da guerra entre o Brasil e o Paraguai?

Nas classes mais favorecidas da fortuna, nas cidades principalmente, o entusiasmo foi grande e duradouro. Mas entre o povo miúdo o medo do recrutamento para voluntário da pátria foi tão intenso que muitos tapuios se meteram pelas matas e pelas cabeceiras dos rios e ali viveram como animais bravios sujeitos a toda a espécie de privações. Falava-se de Francisco Solano Lopes nos serões do interior da província como de um monstro devorador de carne humana, de um tigre incapaz de um sentimento humanitário. A ignorância dos nossos rústicos patrícios, agravada pelas fábulas ridículas editadas pela imprensa oficiosa, dando ao nosso governo o papel de libertador do Paraguai (embora contra a vontade do libertando o libertasse a tiro), não podia reconhecer no ditador o que realmente era: uma coragem de herói, uma vontade forte, uma inteligência superior ao serviço de uma ambição retrógrada. Os jovens tapuios tremiam só de ouvir-lhe o nome; as mães e as esposas faziam promessas sobre promessas a todos os santos do calendário, pedindo que lhes livrassem os queridos filhos e os maridos das malhas da rede recrutadora.

Coisa terrível que era então o recrutamento!

Esse meio violento de preencher os quadros do exército era, ao tempo da guerra, posto em prática com barbaridade e tirania, indignas de um povo que pretende foros de civilizado.

Suplícios tremendos eram infligidos aos que, fugindo a uma obrigação não compreendida, ousavam preferir a paz do trabalho e o sossego do lar à ventura de se deixarem cortar em postas na defesa das estâncias rio-grandenses e das aldeolas de Mato Grosso. Narravam diariamente os periódicos casos espantosos, reclamações enérgicas contra o arbítrio das autoridades locais, mas o governo a tudo cerrava os ouvidos, por necessitar de fornecer vítimas às desenterias do Passo da Pátria e carne brasileira aos canhões vorazes de Humaitá. Foi então que se mostrou em toda a sua hediondez a tirania dos mandões de aldeia. Os graúdos não perderam a ocasião de satisfazer ódios e caprichos, oprimindo os adversários políticos que não sabiam procurar, ao serviço de abastados e poderosos fazendeiros, proteção e amparo contra o recrutamento, à custa do sacrifício da própria liberdade e da honra das mulheres, das filhas e das irmãs. Sim. Não pretendo carregar os tons sombrios do quadro da miséria do proletário brasileiro naqueles tempos calamitosos, em que o pobre só se julgava a salvo do despotismo quando nas mãos do senhor do engenho, do fazendeiro, do comandante do batalhão da guarda nacional abdicava a sua independência, pela sujeição a trabalho forçado mal ou nada remunerado; a sua dignidade pela resignação aos castigos corporais e aos maus-tratos; e a honra da família pela obrigada complacência com a violação das mulheres. Em Alenquer, por exemplo, o capitão Fabrício, nomeado recrutador, alardeando serviços ao partido de cima, praticou as maiores atrocidades, tendo por única lei o seu capricho. De toda a parte se levantavam clamores contra o rico e perverso fazendeiro do igarapé, mas, cônscio do apoio dos chefes do seu grupo político, continuava Fabrício obrando as maiores atrocidades, que constituíram a sua vida até o filho do Anselmo Marques, com um salutar tiro de espingarda, pôr-lhe termo à ominosa existência.

Descuidado e contente, Pedro labutava em paz, apesar das desgraças do tempo, ouvidas aos domingos, depois da missa, no adro da matriz. E quando lhe perguntavam se não receava o recrutamento, dizia com a candura habitual que nunca fizera mal a ninguém, e era filho único de mulher viúva. Não contava, porém, com a má vontade de Manuel de Andrade, mulato que era seu rival na pesca das tartarugas. Manuel era a alma danada do capitão Fabrício, em cuja fazenda vivia como agregado. Toda a gente o acusava de desapiedado executor das maldades do fazendeiro. Era tido como homem sem escrúpulos, que matava por prazer. E as proezas pacíficas do filho da velha Rosa enchiam-lhe o coração de inveja.

Numa tarde de dezembro de 1865, ou de janeiro do ano seguinte (já não me recordo bem da data), Pedro, ao voltar da pesca, passando pelo porto da fazenda, notara um movimento desusado e, observando, pensara ter visto o Manuel de Andrade e dois ou três soldados, de farda e baioneta, entidades não vulgares naquelas paragens. Sem saber explicar o estranho caso, continuara a remar e, em breve, aportara ao sítio e, puxando a canoa para terra, fora dar parte da pescaria à mãe, sem lhe falar do que vira na casa do vizinho.

Na manhã do dia seguinte, entretinha-se o rapaz a fazer uma cerca de varas no terreiro, quando lhe aparecera pelo cacaual o velho Inácio Mendes, vizinho e amigo, o mesmo que morreu o ano passado afogado no Inhamundá, tentando salvar o filho, atraído pela mãe d'água. Como o assunto de todas as conversas da beira do rio era a guerra, falou-se do recrutamento.

Inácio dizia-se portador de notícias frescas. O capitão Fabrício, nomeado recrutador em todo o termo de Alenquer, recebera ordem terminante do presidente da província para mandar pelo primeiro vapor um contingente de voluntários, custasse o que custasse. Essa ordem, transmitida pelo delegado de polícia de Santarém, fora trazida a toda pressa pelo sargento

Moura, acompanhado de cinco guardas nacionais que aquela autoridade pusera à disposição do recrutador, prometendo enviar-lhe logo maior força, se fosse necessário.

– O capitão – acrescentou Inácio em voz baixa – não é lá homem para hesitar em se tratando de maldades.

E continuara, narrando as desgraças da época. Já o Antônio da Silva fugira a todo o pano para Vila Bela, onde mora um negociante que é seu compadre. Na casa do Pantaleão Soares, português legítimo, o sargento Moura varejara os quartos em que dormiam as filhas do pobre homem, e levara o atrevimento ao ponto de revistá-las, dizendo que podiam ser homens disfarçados. O Raimundo Nonato e o filho da tia Rita haviam-se metido pelo mato dentro, sem que se soubesse o seu paradeiro. Um tapuio dos lagos, tendo vindo à vila comprar mantimentos, vira-se perseguido pelos guardas e fora comido por jacarés, querendo salvar-se a nado.

E terminou entre risonho e triste o velho Inácio:

– Que quer, seu Pedro? Nestes tempos, nem os pobres velhos têm a certeza de escapar. O que vale é que Deus é grande... e o mato maior.

Três dias depois da visita de Inácio Mendes, pelas 7 horas da manhã, a velha Rosa tratava do almoço, e Pedro, sentado à soleira da porta, preparava-se para caçar papagaios, limpando uma bela espingarda de dois canos, quando viu adiantar-se para o seu lado o capitão Fabrício, com os modos risonhos e corteses de um bom vizinho. Pedro ergueu-se surpreso e acanhado e pôs-se a balbuciar cumprimentos ao fazendeiro, cujo sorriso o enleava.

– Ora bom dia, seu Pedro. Então já sei que vai à caça? E está com uma bonita arma! Quer vendê-la?

E foi lha tirando das mãos, sem que o pescador, admirado de tão grande afabilidade, pensasse em contrariar-lhe o gesto.

– Eh, eh! seu Pedro, você está um rapaz robusto e devia ser voluntário da Pátria. O governo precisa de gente forte lá no sul para dar cabo do demônio do Lopez. Ora, é uma vergonha que você esteja a matar os pobrezinhos dos papagaios e a arpoar os inocentes dos pirarucus, quando melhor quebraria a proa aos paraguaios, que são brutos também e inimigos dos cristãos.

Pedro balbuciava negativas e desculpas. Era filho único... não tinha jeito para a guerra... quem tomaria conta da pobre velhinha? Mas o capitão pôs-lhe a mão no ombro dizendo em voz repassada de mel:

– Pois então tenha paciência. Se não quer ser voluntário, está recrutado.

Pedro deu um pulo para trás, como se fora mordido por uma cobra. Recrutado, ele! A palavra fatídica soou-lhe aos ouvidos como anúncio de irreparável desgraça. O seu ar de candura e de bondade desapareceu por encanto, e o rapaz ficou todo transformado, como o pai, quando lutava braço a braço com alguma onça traiçoeira. Os olhos injetaram-se-lhe de sangue. Os lábios entreabriram-se para deixar sair a palavra rebelde, mas só descobriram os alvíssimos dentes, cerrados por um esforço violento. O corpo todo tremia, como se maleitas o sacudissem e um último lampejo de razão o impediu de atirar-se ao recrutador e de o afogar nas mãos robustas.

Mas o capitão prosseguia com brandura hipócrita:

– Ora deixe-se de tolices... afinal que é que tem ser soldado? É até muito bonito, e as mulheres pelam-se pela farda azul-ferrete e pelos botões amarelos. Não será uma honra para a tapuia velha ter um filho oficial? Pois é o que pode muito bem acontecer, se você tiver juízo, não beber, não furtar, não fizer nenhuma má-criação, e resolver-se a aprender a leitura e a escrita, que não é lá bicho-de-sete-cabeças. É verdade que você pode ficar prisioneiro dos paraguaios e mesmo morrer de uma bala na cabeça, mas isso... são fatalidades. Também se morre na cama e até... pescando pirarucus e caçando papagaios. Por isso deixe-se de asneiras, carinha alegre e marche-marche para o sul. Mesmo porque você está recrutadinho da silva, e o que não tem remédio remediado está.

O rapaz soltou um grito surdo, avançou contra Fabrício, arrancou-lhe a espingarda das mãos e brandiu-a sobre a cabeça do capitão, como se fora uma bengala. Quando ia descarregar o golpe, sentiu-se agarrado. Eram o sargento Moura e dois soldados, que, saindo dum matagal próximo, se haviam aproximado sem ser vistos. Ao ruído da luta, acudiu a velha Rosa, que, soltando brados lamentosos, tentou arrancar o filho aos soldados, mas o capitão Fabrício segurou-a por um braço e atirou-a de encontro a um esteio da casa.

A tapuia, caindo, feriu a cabeça, mas, erguendo-se de súbito e levantando a espingarda que estava no chão, fez pontaria contra o sargento. A arma não estava carregada.

Foi uma cena terrível que teve lugar então. A velha Rosa, desgrenhada, com os vestidos rotos, coberta de sangue, soltava bramidos de fera parida. Pedro estorcia-se em convulsões violentas e os soldados não conseguiam arredá-lo da mãe. Fabrício, ordenando que levassem o preso, lançara ambas as mãos aos cabelos da velha e, puxando por eles, procurava conseguir que largasse as roupas do filho. Os guardas, impacientes e coléricos, desembainharam a baioneta e começaram a espancar alternativamente a mãe e o filho, animados pela voz e pelo exemplo do sargento, ainda pálido do susto que sofrera.

Muito tempo teria durado a luta, se não tivessem aparecido alguns agregados do capitão, dirigidos pelo Manuel de Andrade, em cuja larga face morena se lia a satisfação de um ódio, até ali contido a custo.

O mulato adiantou-se com ar resoluto:

– Ó gentes! Temos cerimônias?

E voltando-se para os que o seguiam:

– Amarra porco, rapaziada!

Ou pela sua profissão de vaqueiros, ou porque já se achassem prevenidos, traziam cordas consigo. Pedro e Rosa foram deitados por terra e amarrados de pés e mãos. Depois a gente do Manuel Andrade carregou o rapaz e foi depô-lo numa grande montaria que o capitão mandara buscar à fazenda.

Quando o preso, o sargento e os soldados se acharam dentro da canoa, Fabrício ordenou ao Manuel de Andrade e a outro agregado que tomassem os remos e seguissem para Alenquer. Depois, dando um pontapé na velha tapuia estendida em meio do terreiro, seguiu com o resto da sua gente a caminho da fazenda.

Ela desmaiara. Não dera acordo de si quando lhe levaram o filho para a canoa, nem sequer sentira a última e bestial expansão da ira do recrutador. Mas quando o sol, adiantando-se na carreira, veio ferir-lhe em cheio os olhos amortecidos, tornou a si, olhou em derredor e, recordando o que se passara, começou a agitar-se e a dar gritos que ecoavam lugubremente na floresta. Procurava pôr-se de pé, mas não o conseguia. Não podia também desprender os braços e as pernas; as cordas eram sólidas e os nós apertados. Sozinha, abandonada no sítio deserto, exposta no terreiro, ferida e quase nua, aos raios ardentíssimos do sol, a velha Rosa, a boa e generosa velhinha, teria sucumbido miseravelmente, se por volta de meio-dia não tivesse ali chegado o vizinho Inácio Mendes. O português vira do seu porto passar a canoa que levava o recruta e, desconfiando do que sucedera, viera, logo que pudera furtar algum tempo aos seus afazeres, informar-se do ocorrido.

Pobre tia Rosa! Em que miserando estado a encontrara! Seria possível que Deus permitisse tão grande injustiça! O Inácio cortou-lhe as cordas, lavou-lhe a ferida com água avinagrada e teve de empregar a força para obrigá-la a deitar-se, pois ardia em febre. Depois que a viu mais sossegada, o bom do português correu a casa em busca da mulher para fazer companhia aquela noite à doente, recomendando-lhe que não dormisse, velasse toda a noite, pois o estado da tapuia era melindroso. Apesar da advertência do marido, a enfermeira adormecera pela madrugada, e, quando acordara, a claridade de um dia esplêndido entrava pela transparência do japá. A rede da velha Rosa estava vazia. A mulher do Inácio Mendes correu ao porto e não achou a montaria de pesca de Pedro.

Estava eu a esse tempo em Santarém, preparando uma viagem a ltaituba, a serviço da minha advocacia.

Passeando uma tarde na praia do Tapajós, abeirou-se de mim uma cabocla velha em quem a custo reconheci a industriosa e boa velhinha do igarapé de Alenquer, em cuja hospitaleira casa dormira algumas vezes de passagem pelo sítio. Ela, porém, me reconhecera facilmente e, parece até que a conselho de algumas pessoas, me procurava como o único doutor da terra, que exercia a profissão de advogado. Contou-me a sua história, interrompendo-se a miúdo para limpar na manga do vestido as lágrimas que lhe corriam, e finalizou entregando-me um embrulho com dinheiro, duzentos e poucos mil-réis, tudo quanto tinha, para que lhe livrasse o filho de jurar bandeira.

Voltei imediatamente à cidade e, por intermédio de um amigo comum, obtive do delegado de polícia a licença de ver o recruta na cadeia, mas por uma só vez, e como exceção rara. O tapuio estava mergulhado num silêncio apático, de que nada o fazia sair. O fatalismo do amazonense o convencera de que não se poderia arrancar à irreparável desgraça que o abatia. Ou não me reconheceu, ou não quis falar-me.

Requeri *habeas corpus* em favor de Pedro, alegando a sua qualidade de filho único de mulher viúva. O juiz de direito ordenou o seu comparecimento, inquiriu o comandante do destacamento e algumas testemunhas e exigiu informações do delegado. Empreguei a maior atividade nas diligências necessárias, porque sabia que era esperado a toda a hora o vapor da Companhia do Amazonas, que devia levar o contingente de recrutas para a capital. Uma manhã, vinha eu da casa do juiz com as melhores esperanças de êxito, pois se mostrava crente do direito que assistia ao meu cliente, e compadecido da sorte da velha que lhe não deixava a soleira da porta onde dormia. Vinha pensando na minha viagem pelo Tapajós acima, logo que terminasse a obra de humanidade que queria praticar, quando me encontrei com o agente da Companhia.

– Olhe, doutor, o vapor está entrando. Os voluntários estão prontos.

Corri imediatamente à cadeia e notei o movimento que produzira a ordem de embarque. Corri à praia, onde era imensa a aglomeração de povo à espera do vapor que vinha entrando à boca do largo Tapajós, em busca dos futuros defensores da Pátria.

Começou logo o embarque dos recrutas.

Eram vinte rapazes tapuios os que a autoridade obrigava a representar a comédia do voluntariado. Vi-os sair da cadeia, entre duas filas de guardas nacionais, e encaminharem-se para o porto, seguidos dos parentes, dos amigos e de simples curiosos.

Iam cabisbaixos, uns corridos de vergonha, como criminosos obrigados a percorrer as ruas da cidade nas garras da justiça; outros, resignados e imbecis como bois, caminhando para o matadouro; outros ainda procurando encobrir sob uma jovialidade triste as amarguras íntimas; todos marchando maquinalmente, alheios ao que se passava e dizia em redor de si, oferecendo um aspecto de apatia covarde e idiota. Vestiam calça e camisa de algodão riscado, a mesma roupa com que uma semana antes arpoavam pirarucus ou plantavam mandioca nas roças da beira do rio. Alguns, aqueles de quem se desconfiava, por mais valentes e ágeis, traziam algemas.

As portas e as janelas das ruas por onde passava a nova leva de recrutas estavam apinhadas de gente. As mulheres e as crianças corriam a vê-los de perto, conservando-se, porém, a uma distância respeitável dos guardas nacionais, que marchavam pesadamente, acanhados, vestidos na sua jaqueta de velho pano azul, quase vermelho, e vexados com a comprida baioneta colocada muito atrás, a bater-lhes os rins num compasso irregular, conforme com os acidentes das ruas mal calçadas. O povo comentava o caso, analisava a fisionomia dos novos soldados, daqueles heróicos defensores da Pátria, carneiros levados em récua para o açougue.

As exclamações cruzavam-se, as pilhérias atravessavam a rua e caíam duras como pedras sobre as cabeças impassíveis dos guardas nacionais, pobres operários, honrados roceiros, arrancados à oficina ou à lavoura para guarnecerem a cidade e fazerem o serviço da polícia ausente. Outras vezes, eram lamentações e condolências da sorte daqueles pobres diabos que nem sabiam naquele momento se voltariam a ver a terra adorada do Amazonas.

Os curumins anunciavam os recrutas à medida que se aproximavam:

– Os voluntários! Os voluntários!

– Voluntários de pau e corda! – disse causticamente o vigário padre Pereira, fumando cigarros à porta de uma loja.

Já mais adiante, os curumins repetiam numa ironia inconsciente:

– Os voluntários, olha os voluntários!

Os recrutas caminhavam sob um sol ardente, seguidos das mães, das irmãs e das noivas, que soluçavam alto, numa prantina desordenada, chamando a atenção do povo. Os homens iam silenciosos como se acompanhassem um enterro. Ninguém se atrevia a levantar a voz contra a autoridade. Se a fuga fosse possível, nenhum daqueles homens deixaria de facilitá-la. Mas como fugir em pleno dia, no meio de tantos guardas nacionais armados e prevenidos? Nada, mais valia resignar-se e sofrer calado, que sempre se lucrava alguma coisa.

Chegaram ao porto e avistaram o vapor que fumegava, prestes a partir. As canoas que os deviam conduzir para o paquete estavam prontas. Começou o embarque em boa ordem. Nenhum dos recrutas abraçou amigos e parentes; os adeuses trocaram-se com os olhos e com as mãos, de longe.

Quando as canoas largaram da praia, as mulheres romperam num clamor; e os tapuios, acocorados ao fundo da igarité que os separava da ribanceira, seguiam com a vista a terra que recuava, fugindo deles. Tinham os olhos secos, mas amortecidos. Um deixava naquela saudosa praia a mãe doente e entrevada, arrastada até ali para soluçar a última despedida ao filho que partia para a guerra. E o voluntário, resignado à morte com que contava nos sertões do sul, tinha o coração apertado, pensando na miséria em que deixava a velhinha, obrigada dali em diante a viver de esmolas. Outro pensava na sua roça nova, aberta pelo S. João, havia seis meses apenas, com tanto amor e trabalho, e que seria dentro em breve pasto de capivaras daninhas e de macacos gulosos; ou na montaria de pesca, abandonada no porto, para presa do primeiro ladrão que passasse. Este sonhava com as longas horas de imobilidade ansiosa, nas brumas da antemanhã, de pé no canoa, esperando o primeiro respirar do pirarucu possante; aquele com a gentil namorada, tanto tempo cobiçada e quase noiva, que não teria paciência para esperar-lhe a volta incerta. E todos pálidos, desesperados, sombrios, sentiam no supremo momento da separação que tudo estava perdido, e a morte, uma morte terrível e misteriosa os esperava lá nas terras em que dominava o monstro do Paraguai, devorador de carne humana.

Apesar da tristeza do espetáculo que me compungia o coração, não pude deixar de alegrar-me por não ver entre os recrutas o filho da velha Rosa. Acompanhei a leva desde o quartel até à praia, vi-a embarcar, não me afastei enquanto o vapor não levantou ferros e procurou a barra do Tapajós, soltando um silvo rouco e prolongado. Adquiri então a certeza de que Pedro não embarcara, de que ficara em terra, e dessa convicção augurei as melhores esperanças. Se o delegado o não enviara por aquele vapor, fora certamente por não haver ainda jurado bandeira, e duvidoso se fazia o caso do seu recrutamento, em face dos fundamentos do *habeas corpus* requerido. Em todo o caso, mesmo considerando a polícia bem recrutado o tapuio, tinha diante de mim oito ou dez dias, o intervalo de uma chegada de paquete a outra, para trabalhar em seu favor.

Comuniquei a nova à tia Rosa que fui encontrar sentada à porta do juiz de direito, onde passara a noite. Não partilhou da minha convicção. Na sua opinião, eu estava enfeitiçado. Pedro não estava no quartel e, portanto, seguira naquele mesmo vapor para a capital.

Levei à conta de demência a incredulidade da velha e entrei na casa do juiz para informar-me do resultado do *habeas corpus*.

O magistrado disse-me com alguma tristeza:

— Escusado é tentar mais nada. O rapaz já embarcou.

E como me visse atônito, sem ânimo de proferir palavra, compreendeu o meu espanto e acrescentou:

— Desconfiaram de mim. Ontem à noite mandaram-no numa canoa bem tripulada esperar o vapor a meia légua da boca do rio.

A indignação fez-me ultrapassar os limites da conveniência. Perguntei, irado, ao juiz como se deixara ele assim burlar pela polícia, expondo a dignidade do seu cargo ao menosprezo de um funcionário subalterno. Mas ele, sorrindo misteriosamente, bateu-me no ombro e disse em tom paternal:

— Colega, você ainda é muito moço. Manda quem pode. Não queira ser palmatória do mundo.

E acrescentou alegremente:

— Olhe, sabe uma coisa? Vamos tomar café.

Ainda há bem pouco tempo, vagava pela cidade de Santarém uma pobre tapuia doida. A maior parte do dia passava-o a percorrer a praia, com o olhar perdido no horizonte, cantando com voz trêmula e desenxabida a quadrinha popular:

Meu anel de diamantes
caiu n'água e foi ao fundo;
os peixinhos me disseram:
viva Dom Pedro Segundo!

A FEITICEIRA

Chegou a vez do velho Estêvão, que falou assim:

— O tenente Antônio de Sousa era um desses moços que se gabam de não crer em nada, que zombam das coisas mais sérias e riem dos santos e dos milagres. Costumava dizer que isso de almas do outro mundo era uma grande mentira, que só os tolos temem a lobisomem e feiticeiras. Jurava ser capaz de dormir uma noite inteira dentro do cemitério, e até de passear às dez horas pela frente da casa do judeu, em sexta-feira maior.

Eu não lhe podia ouvir tais leviandades em coisas medonhas e graves sem que o meu coração se apertasse, e um calafrio me corresse a espinha. Quando a gente se habitua a venerar os decretos da Providência, sob qualquer forma que se manifestem, quando a gente chega à idade avançada em que a lição da experiência demonstra a verdade do que os avós viram e contaram, custa ouvir com paciência os sarcasmos com que os moços tentam ridicularizar as mais respeitáveis tradições, levados por uma vaidade tola, pelo desejo de parecerem *espíritos fortes*, como dizia o dr. Rebelo. Peço sempre a Deus que me livre de semelhante tentação. Acredito no que vejo e no que me contam pessoas fidedignas, por mais extraordinário que pareça. Sei que o poder do Criador é infinito e a arte do inimigo varia.

Mas o tenente Sousa pensava de modo contrário!

Apontava à lua com o dedo, deixava-se ficar deitado quando passava um enterro, não se benzia ouvindo o canto da mortalha, dormia sem camisa, ria-se do trovão! Alardeava o ardente desejo de encontrar um curupira, um lobisomem ou uma feiticeira. Ficava impassível vendo cair uma estrela e achava graça ao canto agoureiro do acauã, que tantas desgraças ocasiona. Enfim, ao encontrar um agouro, sorria e passava tranqüilamente sem tirar da boca o seu cachimbo de verdadeira espuma do mar.

— Quereis saber uma coisa? Filho meu não freqüentaria esses colégios e academias onde só se aprende o desrespeito da religião. Em Belém, parece que todas as crenças velhas vão pela água abaixo. A tal civilização tem acabado com tudo que tínhamos de bom. A mocidade imprudente e leviana afasta-se dos princípios que os pais lhe incutiram no berço, lisonjeando-se duma falsa ciência que nada explica, e a que, mais acertadamente, se chamaria charlatanismo. Os maus livros, os livros novos, cheios de mentiras, são devorados avidamente. As coisas sagradas, os mistérios são cobertos de motejos, e, em um palavra, a mocidade hoje, como o tenente Sousa, proclama alto que não crê no diabo (salvo seja, que lá me escapou a palavra!), nem nos agouros, nem nas feiticeiras, nem nos milagres. É de se levantarem as mãos para os céus, pedindo a Deus que não nos confunda com tais ímpios!

O infeliz Antônio de Sousa, transviado por esses propagadores do mal, foi vítima de sua leviandade ainda não há muito tempo.

Tendo por falta de meios abandonado o estudo da medicina, veio Antônio de Sousa para a província em 1871 e conseguiu entrar como oficial do corpo de polícia. No ano seguinte, era promovido ao posto de tenente e nomeado delegado de Óbidos, onde antes nunca tivera vindo.

O seu gênio folgazão, a sua urbanidade e delicadeza para com todos, o seu respeito pela lei e pelo direito do cidadão faziam dele uma autoridade como poucas temos tido. Seria um moço estimável a todos os respeitos, se não fora a desgraçada mania de duvidar de tudo, que adquirira nas rodas de estudantes e de gazeteiros do Rio de Janeiro e do Pará.

Desde que lhe descobri esse lastimável defeito, previ que não acabaria bem. Ides ver como se realizaram as minhas previsões.

Em princípio de fevereiro de 1873, por ocasião do assassinato de João Torres, no Paranamiri de cima, Antônio de Sousa para ali partiu, em diligência policial. Realizada a prisão do criminoso, a convite do Ribeiro, que é o maior fazendeiro do Paranamiri, resolveu o tenente delegado lá passar alguns dias, a fim de conhecer, disse ele, a vida íntima do lavrador da beira do rio.

Não vos descreverei o sítio do tenente Ribeiro, porque ninguém há em Óbidos que o não conheça, principalmente daquela grande demanda que ele venceu contra Miguel Faria, por causa das terras do Uricurizal.

Basta lembrar que todos os cacauais do Paranamiri comunicam entre si por uma vereda mal determinada, e que é fácil percorrer uma grande extensão do caminho, vindo de sítio em sítio até a costa fronteira à cidade.

Antônio de Sousa passava o tempo a visitar os sítios de cacau, conversando com os moradores, a quem ouvia casos extraordinários, ali sucedidos e zombando das crenças do povo. Como lhe falassem muitas vezes da Maria Mucoim, afamada feiticeira daqueles arredores, mostrava grande curiosidade de a conhecer. Um dia em que caçava papagaios, com Ribeiro, contou o desejo que tinha de ver aquela célebre mulher, cujo nome causa o maior terror em todo o distrito.

O Ribeiro olhou para ele, admirado, e depois de uma pausa disse:

– Como? Não conhece a Maria Mucoim? Pois olhe, ali a tem.

E apontou para uma velha que, a pequena distância deles, apanhava galhos secos.

O tenente Sousa viu na Maria Mucoim uma velhinha magra, alquebrada, com uns olhos pequenos, de olhar sinistro, as maçãs do rosto muito salientes, a boca negra, que, quando se abria num sorriso horroroso, deixava ver um dente, um só! comprido e escuro. A cara cor de cobre, os cabelos amarelados presos ao alto da cabeça por um *trepa-moleque* de tartaruga tinham um aspecto medonho que não consigo descrever. A feiticeira trazia ao pescoço um cordão sujo, de onde pendiam numerosos bentinhos, falsos, já se vê, com que procurava enganar ao próximo, para ocultar a sua verdadeira natureza.

Quem não reconhece à primeira vista essas criaturas malditas que fazem pacto com o inimigo e vivem de suas sortes más, permitidas por Deus para castigo dos nossos pecados?

A Maria Mucoim, segundo dizem más línguas (que eu nada afirmo nem quero afirmar, pois só desejo dizer a verdade para o bem-estar da minha alma), fora outrora caseira do defunto padre João, vigário de Óbidos. Depois que o reverendo foi dar contas a Deus do que fizera cá no mundo (e severas deviam ser, segundo se dizia), a tapuia retirou-se para o Paranamiri, onde, em vez de cogitar em purgar os seus grandes pecados, começou a exercer o hediondo ofício que sabeis, naturalmente pela certeza de já estar condenada em vida.

Quem nada pode esperar do céu, pede auxílio às profundas do inferno. E se isto digo, não por leviandade o menciono. Pessoas respeitáveis afirmaram-me ter visto a tapuia transformada em pata, quando é indubitável que a Mucoim jamais criou aves dessa espécie.

Mas o Antônio de Sousa é que não acreditava nessas toleimas. Por isso atreveu-se a caçoar da feiticeira:

– Então, tia velha, é certo que você tem pacto com o diabo?

(Lá me escapou a palavra maldita, mas foi para referir o caso tal como se passou. Deus me perdoe.)

A tapuia não respondeu, mas pôs-se a olhar para ele com aqueles olhos sem luz, que intimidam aos mais corajosos pescadores da beira do rio.

O rapaz insistiu, admirando o silêncio da velha.

– É certo que você é feiticeira?

O demônio da mulher continuou calada e, levantando um feixe de lenha, pôs-se a caminhar com passos trôpegos.

O Sousa impacientou-se:

– Falas ou não falas, mulher do...?

Como moço de agora, o tenente gastava muito o nome do inimigo do gênero humano.

Os lábios da velha arregaçaram-se, deixando ver o único dente. Ela lançou ao rapaz um olhar longo, longo que parecia querer traspassar-lhe o coração. Olhar diabólico, olhar terrível, de que Nossa Senhora nos defenda, a mim e a todos os bons cristãos.

O riso murchou na boca de Antônio de Sousa. A gargalhada próxima a arrebentar ficou-lhe presa na garganta, e ele sentiu o sangue gelar-se-lhe nas veias. O seu olhar sarcástico e curioso submeteu-se à influência dos olhos da feiticeira. Quiçá pela primeira vez na vida soubesse então o que era medo.

Mas não se mostrou vencido, que de rija têmpera de incredulidade era ele. Começou a dirigir motejos de toda espécie à velha, que se retirava lentamente, curvada e trôpega, parando de vez em quando e voltando para o moço o olhar amortecido. Este, conseguindo afinal soltar o riso, dava gargalhadas nervosas que assustavam aos japiins e afugentavam as rolas das moitas do cacaual. Louca e imprudente mocidade!

Quando a Maria Mucoim desapareceu por detrás dos cacaueiros, o Ribeiro tomou o braço do hóspede e obrigou-o a voltar para a casa. No caminho ainda deram alguns tiros, mas de caça nem sinal, pois se em algum animal acertou o chumbo foi num dos melhores cães do Ribeiro, que ficou muito penalizado e viu logo que aquilo era agouro. O Ribeiro, apesar das ladroeiras que todos lhe atribuem, é homem crente e de bastante siso.

Quando chegaram à casa de vivenda, seriam seis horas da tarde. Ribeiro exprobou com brandura ao amigo o que fizera à feiticeira, mas o desgraçado rapaz riu-se, dizendo que iria no dia seguinte visitar a tapuia. Debalde o dono do sítio tentou dissuadi-lo de tão louco projeto, não o conseguiu.

Era de mais a mais esse dia uma sexta-feira.

Antônio de Sousa, depois de ter passado toda a manhã muito agitado, armou-se de um terçado americano e abalou para o cacaual.

A tarde estava feia. Nuvens cor de chumbo cobriam quase todo o céu. Um vento muito forte soprava do lado de cima, e o rio corria com velocidade, arrastando velhos troncos de cedro e periantãs enormes onde as jaçanãs soltavam pios de aflição. As aningas esguias curvavam-se sobre as ribanceiras. Os galhos secos estalavam e uma multidão de folhas despegava-se das árvores para voar ao sabor do vento. Os carneiros aproximavam-se do abrigo, o gado mugia no curral, bandos de periquitos e de papagaios cruzavam-se nos ares em grande algazarra. De vez em quando, dentre as trêmulas aningas saía a voz solene do unicórnio. Procurando aninhar-se, as fétidas ciganas aumentavam com o grasnar corvino a grande agitação do rio, do campo e da floresta. Adiantavam os sapos dos atoleiros e as rãs dos capinzais o seu concerto noturno, alternando o canto desenxabido.

Tudo isso viu e ouviu o tenente Sousa do meio do terreiro, logo que transpôs a soleira da porta, mas convencerá a um espírito forte a precisão dos agouros que nos fornece a maternal e franca natureza?

Antônio de Sousa internou-se resolutamente no cacaual. Passou sem parar nos sítios que lhe ficavam no caminho, e os cães de guarda, saindo-lhe ao encontro, não o conseguiram arrancar à profunda meditação em que caíra.

Eram seis horas quando chegou à casa da Maria Mucoim, situada entre terras incultas nos confins dos cacauais da margem esquerda. É, segundo dizem, um sítio horrendo e bem próprio de quem o habita.

Numa palhoça miserável, na narrativa de pessoas dignas de toda a consideração, se passavam as cenas estranhas que firmaram a reputação da antiga caseira do vigário. Já houve quem visse, ao clarão de um grande incêndio que iluminava a tapera, a Maria Mucoim dançando sobre a cumeeira danças diabólicas, abraçada a um bode negro, coberto com um chapéu de três bicos, tal qual como ultimamente usava o defunto padre. Alguém, ao passar por ali a desoras, ouviu o triste piar do murucututu, ao passo que o sufocava um forte cheiro de enxofre. Alguns homens respeitáveis que por acaso se acharam nos arredores da habitação maldita, depois de noite fechada, sentiram tremer a terra sob os seus pés e ouviram a feiticeira berrar como uma cabra.

A casa, pequena e negra, compõe-se de duas peças separadas por uma meia parede, servindo de porta interior uma abertura redonda, tapada com um topé velho. A porta exterior é de japá, o teto de pindoba, gasta pelo tempo, os esteios e caibros estão cheios de casas de cupim e de cabas.

Sousa encontrou a velha sentada à soleira da porta, com queixo metido nas mãos, os cotovelos apoiados nas coxas, com o olhar fito num bem-te-vi que cantava numa embaubeira. Sob a influência do olhar da velha, o passarinho começou a agitar-se e a dar gritinhos aflitivos. A feiticeira não parecia dar pela presença do moço que lhe bateu familiarmente no ombro:

– Sou eu – disse. – Lembra-se de ontem?

A velha não respondeu. Antônio de Sousa continuou depois de pequena pausa:

— Venho disposto a tirar a limpo as suas feitiçarias. Quero saber como foi que conseguiu enganar a toda esta vizinhança. Hei de conhecer os meios de que se serve.

Maria Mucoim abaixou a cabeça, como para esconder um sorriso, e com voz trêmula e arrastada, respondeu:

— Ora me deixe, branco. Vá-se embora, que é melhor.

— Não saio daqui sem ver o que tem em casa.

E o atrevido moço preparava-se para entrar na palhoça, quando a velha, erguendo-se de um jato, impediu-lhe a passagem. Aquele corpo, curvado de ordinário, ficou direito e hirto. Os pequenos olhos, outrora amortecidos, lançavam raios. Mas a voz continuou lenta e arrastada:

— Não entre, branco, vá-se embora.

Surpreso, o tenente Sousa estacou, mas logo, recuperando a calma, riu-se e penetrou na cabana. A feiticeira seguiu-o. Como nada visse o rapaz que lhe atraísse a atenção no primeiro compartimento, avançou para o segundo, separado daquele pela abertura redonda, tapada com um topé velho. Mas aí a resistência que a tapuia ofereceu à sua ousadia foi muito mais séria. Colocou-se de pé, crescida e tesa, à abertura da parede, e abriu os braços, para impedir-lhe com o corpo a indiscreta visita. Esgotados os meios brandos, Antônio de Sousa perdeu a cabeça, e, exasperado pelo sorriso horrendo da velha, pegou-a por um braço, e, usando toda a força do seu corpo robusto, arrancou-a dali e atirou-a ao meio da sala de entrada. A feiticeira foi bater com a fronte no chão, soltando gemidos lúgubres.

Antônio arrancou a esteira que fechava a porta e penetrou no aposento, seguido da velha, de rastos, pronunciando palavras, dente negro num riso convulso e asqueroso.

Era um quarto singular o quarto de dormir de Maria Mucoim. Ao fundo, uma rede rota e suja; a um canto, um montão de ossos humanos; pousada nos punhos da rede, uma coruja, branca como algodão, parecia dormir; e ao pé dela, um gato preto descansava numa cama de palhas de milho. Sobre um banco rústico, estavam várias panelas de forma estranha, e das traves do teto pendiam cumbucas rachadas, donde escorria um líquido vermelho parecendo sangue. Um enorme urubu, preso por uma embira ao esteio central do quarto, tentava picar a um grande bode, preto e barbado, que passeava solto, como se fora o dono da casa.

A entrada de Antônio de Sousa causou um movimento geral. O murucututu entreabriu os olhos, bateu as asas e soltou um pio lúgubre.

O gato pulou para a rede, o bode recuou até ao fundo do quarto e arremeteu contra o visitante. Antônio, surpreendido pelo ataque, mal teve tempo de desviar o corpo, e foi logo encostar-se à parede, pondo-se em defesa com o terçado que trouxera.

Foi então que, animada por gestos misteriosos da velha, a bicharia toda avançou com uma fúria incrível. O gato correndo em roda do rapaz procurava morder, fugindo sempre ao terçado. O urubu, solto como por encanto da corda que o prendia, esvoaçava-lhe em torno da cabeça, querendo bicar-lhe os olhos. Parecia-lhe que se moviam os ossos humanos, amontoados a um canto, e que das cumbucas corria sangue vivo. Antônio começou a arrepender-se da imprudência que cometera. Mas era um valente moço, e o perigo lhe redobrava a coragem. Num lance certeiro, conseguiu ferir o bode no coração, ao mesmo tempo que dos lábios lhe saía inconscientemente uma invocação religiosa.

– Jesus, Maria!

O diabólico animal deu um berro formidável e foi recuando cair sem vida sobre um monte de ossos; ao mesmo tempo o gato estorceu-se em convulsões terríveis, e o urubu e a coruja fugiram pela porta aberta.

A Mucoim, vendo o efeito daquelas palavras mágicas, soltou urros de fera e atirou-se contra o tenente, procurando arrancar-lhe os olhos com as aguçadas unhas. O moço agarrou-a pelos raros e amarelados cabelos e lançou-a contra o esteio central. Depois fugiu, sim, fugiu, espavorido, aterrado. Ao transpor o limiar, um grito o obrigou a voltar cabeça. A Maria Mucoim, deitada com os peitos no chão e a cabeça erguida, cavava a terra com as unhas, arregaçava os lábios roxos e delgados, e fitava no rapaz aquele olhar sem luz, aquele olhar que parecia querer traspassar-lhe o coração.

O tenente Sousa, como se tivesse atrás de si o inferno todo, pôs-se a correr pelos cacauais. Chovia a cântaros. Os medonhos trovões do Amazonas atroavam os ares; de minuto em minuto relâmpagos rasgavam o céu. O rapaz corria. Os galhos úmidos das árvores batiam-lhe no rosto. Os seus pés enterravam-se nas folhas molhadas que tapetavam o solo. De quando em quando, ouvia o ruído da queda das árvores feridas pelo raio ou derrubadas pelo vento, e cada vez mais perto o uivo de uma onça faminta. A noite era escura. Só o guiava a luz intermitente dos relâmpagos. Ora batia com a cabeça em algum tronco de árvore, ora os cipós amarravam-lhe as pernas, impedindo-lhe os passos.

Mas ele ia prosseguindo sem olhar para trás, porque temia encontrar o olhar da feiticeira, e estava certo de que o seguia uma legião de seres misteriosos e horrendos.

Quando chegou ao sítio do Ribeiro, molhado, roto, sem chapéu e sem sapatos, todos dormiam na casa. Foi direto à porta do seu quarto, que dava para a varanda, empurrou-a, entrou, e atirou-se ao fundo da rede, sem ânimo de mudar de roupa. O desgraçado ardia em febre. Esteve muito tempo de olhos abertos, mas em tal prostração que nem pensava, nem se movia.

De repente, ouviu um leve ruído por baixo da rede e despertou da espécie de letargo em que caíra. Pôs um pé fora, procurando o chão, mas sentiu uma umidade. Olhou e viu que o quarto estava alagado. Levantou-se apressado. A água vinha enchendo o quarto, forçando a porta. Assustado, correu para fora.

Um grito chegou-lhe aos ouvidos:

– A cheia!

Um espetáculo assombroso ofereceu-se-lhe à vista. O Paranamiri transbordava. O sítio do Ribeiro estava completamente inundado, e a casa começava a sê-lo. Os cacauais, os aningais, as laranjeiras iam pouco a pouco mergulhando. Bois, carneiros e cavalos boiavam ao acaso, e a cheia crescia sempre. A água não tardou em dar-lhe pelos peitos. O delegado quis correr, mas foi obrigado a nadar. A casa inundada parecia deserta, só se ouviam o ruído das águas e, ao longe, aquela voz:

– A cheia!

Onde estariam o tenente Ribeiro e a família? Mortos? Teriam fugido, abandonando o hóspede à sua infeliz sorte? Onde salvar-se, se as águas cresciam sempre, e o delegado já começava a sentir-se cansado de nadar. Nadava, nadava. As forças começavam a abandoná-lo, os braços recusavam-se ao serviço, cãimbras agudas lhe invadiam os pés e as pernas. Onde e como salvar-se?

De súbito viu aproximar-se uma luzinha e logo uma canoa, dentro da qual lhe pareceu estar o tenente Ribeiro. Pelo menos era dele a voz que o chamava.

– Socorro! – gritou desesperado o Antônio de Sousa, e, juntando as forças num violento esforço, nadou para a montaria, salvação única que lhe restava, no doloroso transe.

Mas não era o tenente Ribeiro o tripulante da canoa. Acocorada à proa da montaria, a Maria Mucoim fitava-o com os olhos amortecidos, e aquele olhar sem luz, que lhe queria traspassar o coração…

Uma gargalhada nervosa do dr. Silveira interrompeu o velho Estêvão neste ponto da sua narrativa.

AMOR DE MARIA

O procurador, cruzando os braços, cravou os olhinhos verdes no carão do velho Estêvão. Depois, com um sorriso entre sardônico e triste, começou:

Ainda me lembra a Mariquinha, como se a estivesse vendo. Tão profunda foi a impressão deixada no meu espírito pela desgraça de que foi autora e vítima ao mesmo tempo a afilhada do tenente-coronel Álvaro Bento, a mais gentil rapariga de Vila Bela! Era uma donzela de dezoito anos, alta e robusta, de tez morena, de olhos negros, negros, meu Deus! de cabelos azulados como asas de anum! Era impossível ver aquele narizinho bem-feito, aquela mimosa boca, úmida e rubra, parecendo feita de polpa de melancia, as mãozinhas de princesa e os pés da Borralheira, impossível ver aquelas perfeições todas, sem ficar de queixo no chão, encantado e seduzido!

Quem nunca viu a afilhada do Álvaro Bento (à boca pequena, se dizia ser sua filha natural) não pode ajuizar das graças daquela moça, que transtornava a cabeça a todos os rapazes da vila, obrigava os velhos a tolices inqualificáveis e deixava no coração dos que passavam por Vila Bela uma lembrança terna, um doce sentimento, um desejo vago. Quando nas contradanças a moça embalava brandamente os quadris de mulher feita e os seios túrgidos tremiam-lhe na valsa, um murmúrio lisonjeiro enchia a casa, era como um encanto mágico que percorria os ares, prendendo com invisível cadeia os corações masculinos aos passinhos miúdos da feiticeira. Feiticeira, sim, e não como a do Paranamiri, abjeção do sexo, do poder fantástico e, com licença, compadre Estêvão, inadmissível ante a boa razão e a lógica natural: mas com um poder real, um elixir perigoso que tonteava e ensandecia, transformando a gente em coisa sem vontade, pela demasiada vontade que dava! Pena é que a Mariquinha não se julgasse bem armada com o feitiço de seus inolvidáveis encantos e se valesse de crendices tolas e de meios aconselhados pela ignorância, de mãos dadas com a superstição.

Vila Bela é antes uma povoação do que uma vila. Três pequenas ruas em que as casas se distanciam dez, vinte e mais braças umas das outras; se estendem, frente para o rio, sobre uma pequena colina, formando todo o povoado. No meio da rua principal, a capelinha que serve de matriz ocupa o centro de uma praça, coberta de matapasto, onde vagam vacas de leite e bois de carro. Quando eu lá morava, as famílias da vila entretinham as melhores relações, e não acontecia o que agora se dá em quase todas as nossas povoações, onde os habitantes são inimigos uns dos outros. A maldita política dividiu a população, azedou os ânimos, avivou a intriga e tornou insuportável a vida nos lugarejos da beira do rio.

Depois que o povo começou a tomar a sério esse negócio de partidos, que os doutores do Pará e do Rio de Janeiro inventaram como meio de vida, numa aldeola de trinta casas as famílias odeiam-se e descompõem-se, os homens mais sérios tornam-se patifes refinados, e tudo vai que é de tirar a coragem e dar vontade de abalar destes ótimos climas, destas grandiosas regiões paraenses, ao pé das quais os outros países são como miniaturas mesquinhas. Sem conhecerem a força dos vocábulos, o fazendeiro Morais é liberal e o capitão Jacinto é conservador. Por mim, entendo que era melhor sermos todos amigos, tratarmos do nosso cacau e da nossa seringa, que isso de política não leva ninguém adiante e só serve para desgostos e consumições. Que nos importa que seja deputado o cônego Siqueira ou o doutor Danim? O principal é que as enchentes não sejam grandes e que o gado não morra de peste. O mais é querer fazer da pobre gente burro de carga, vítima de imposturas! Mas deixemos isto que é alheio à história da Mariquinha, e que só veio a pêlo para salientar a diferença dos tempos, pois que, em Vila Bela, reinava outrora a melhor harmonia entre os habitantes e a maior cordialidade nas relações familiares.

Mariquinha quase nunca estava o dia inteiro na casa do padrinho. Choviam convites para passar o dia em casas amigas, e um dos maiores trabalhos da moça era distribuir o tempo de modo a não criar descontentamentos. Tão agradável era a sua companhia, que as próprias companheiras bebiam os ares pela afilhada do tenente-coronel!

Desde que chegara aos quatorze anos, começara a moça a ser pedida em casamento e aos dezoito recusara nove ou dez pretendentes, coisa admirável numa terra de poucos rapazes solteiros. Entre os namorados sem ventura, posso apontar o tenente Braz, o capitão Viriato e o doutor Filgueiras, que nem por isso era o menos caído. Se a interrogavam sobre a razão de um procedimento pouco comum às moças pobres, a Mariquinha tinha um sorriso adorável dizendo:

– Ora, não tenho pressa.

Assim plácida e feliz corria aquela existência. Querida e festejada de todos, era a princesa do Parentins, o beijinho das moças, a adoração dos rapazes, a loucura dos velhos, a benevolência das mães de família. O único defeito que lhe imputavam as amigas era a faceirice. E tinha na verdade esse pecado, se pecado é em moça bonita, pois que eu, com esses cabelos de sal e pimenta, morro pelas raparigas faceiras.

Em dezembro de 1866, veio o filho do capitão Amâncio de Miranda passar o Natal com o pai em Vila Bela. Lourenço, assim se chamava o rapaz, fora em pequeno estudar ao Maranhão, e de lá voltando empregara-se na alfândega do Pará. Pela primeira vez voltava a Parentins, depois que de lá saíra. Oxalá não tivesse voltado nunca!

O filho do capitão Amâncio era um rapaz alto e louro, bem-apessoado. Imaginem se devia ou não agradar às moças de um lugarejo, em que toda a gente é morena e baixa. Acrescia que Lourenço tinha uns modos que só se encontram nas cidades adiantadas, vestia à última moda e com apuro, falava bem e era desembaraçado. Quando olhava para algum dos rapazes da vila, através de sua luneta de cristal e ouro, o pobre matuto ficava ardendo em febre. Demais, chegara do Pará, sabia as novidades, criticava com muita graça os defeitos das moças. E montava a cavalo com uma elegância nunca vista, e que eu (apesar de já ter estado no Pará, no Maranhão e na Bahia) não podia deixar de admirar.

Foi um acontecimento a chegada do Lourenço de Miranda. O capitão Amâncio, todo orgulhoso, apresentou-o logo à metade da população. Toda a gente era obrigada a fazer-lhe elogios, posto que a muitos não agradassem aqueles modos petulantes, que pareciam dizer:
– *Vocês são uns bobos!* Quem se saiu com essa, em primeiro lugar, foi a espirituosa Mariquinha, que o vira pela primeira vez à missa do Natal, mas que, coitada! logo depois foi castigada pela liberdade com que falara do homem, cuja vida seria ligada ao seu destino.

Quatro dias depois da missa do Natal, a afilhada do Álvaro Bento e o filho do capitão Amâncio encontravam-se de novo, num passeio que deram as duas famílias e mais algumas pessoas gradas ao lago Macuranim. Eram do bando, além da gente do Amâncio e do Bento, o dr. Filgueiras, o juiz municipal, a filha e duas sobrinhas e o padre vigário.

Seriam dez horas da manhã quando a comitiva atravessou a linda campina que se estende diante do cemitério e internou-se nas matas que cercam a pitoresca Vila Bela. O caminho para o Macuranim é uma estreita vereda, toda por baixo de árvores. Os araçazeiros, os maracujás, as goiabeiras, os caramurus, entrelaçando os galhos, formam uma abóbada de verdura. As folhas secas, que lastravam o chão, estalavam sob os pés dos transeuntes, e os bem-te-vis, os titipururuís, os alegres e farçantes japiins encantavam o ouvido com a sua vária melodia. De vez em quando, o leve murmúrio de algum regato, oculto entre moitas de flores silvestres, confundia-se com as diversas vozes da floresta, dominadas pelo assovio agudo do urutaí, ao longe, na densidão do mato. À sombra de cajueiros folhudos, matizados de encarnado, chora a juruti solitária, e responde-lhe a gargalhada zombeteira da maritaca. Um perfume forte, um grande cheiro de flores e de frutas punha na alma uma disposição alegre de correr e de brincar pelas campinas, de mastigar folhas verdes, de vagar por entre os troncos cheios de seiva estival de dezembro, de se deixar queimar ao sol matutino, cujo ardor a brisa da floresta refrescava.

As moças entregavam-se francamente à embriaguez no mato. Corriam à caça de maracujás, dourados e cheirosos, de cajus irritantes, de caramurus doces como mel, de goiabas verdoengas, provocadoras, cujos carocinhos rubros avivam-lhe a cor dos lábios. Os homens, perdendo a gravidade, conversavam em voz baixa, salgando a despreocupada palestra com gargalhadas picantes e brejeiras. O vigário ia atrás de todos, afugentando com o lenço os bois que repousavam à beira do caminho.

Lourenço ia à frente do bando, procurando entreter conversa com a afilhada do Bento, que por faceirice lhe escapava, ora para esconder-se atrás de uma moita de flores, ora para trepar com pasmosa agilidade às goiabeiras, entre risadinhas gostosas. A filha do juiz municipal dizia de vez em quando entre dentes:

– Esta Cotinha! Mas que faceirice!

Depois de meia hora de caminho, avistaram o Macuranim cercado de palhoças de pescadores. As aningas da beirada deixam cair no lago as folhas de diversas cores, e em alguns lugares o escondem completamente. As brancas flores da batatarana e outras de variegado colorido bóiam à tona da água aninhando rolas e jaçanãs. A trechos o peixe-boi bota fora a cabeça escura, buscando o capinzinho da margem, as pescadas e os tucunarés em rápida rabanagem vêm respirar o ar cálido do meio-dia enrugando de leve a superfície calma do Macuranim.

Foi ali, à beira desse tranqüilo e pitoresco lago, formado por águas do Amazonas, que o capitão Amâncio e os amigos passaram aquele formoso dia, de fins de dezembro, que tão fatal devia ser à faceira Mariquinha. Os galanteios de Lourenço, as suas maneiras delicadas, a excitação da vaidade pela emulação provocada pela filha do juiz, despertaram no coração da afilhada do Álvaro Bento uma paixão profunda. A primeira revelação desse sentimento teve-a Mariquinha no despeito intenso causado pelas manobras da filha do juiz para apoderar-se da atenção do Lourenço de Miranda. Este, depois de ter se ocupado quase toda a manhã de Mariquinha, como por uma rápida mudança pôs-se a trocar amabilidades claras com a filha do juiz, petulante trigueirinha de vinte anos.

À volta para a vila, a afilhada do Bento já não corria, já não trepava às árvores, não ocultava mesmo a tristeza que se apoderara de seu coração. Vinha séria ao lado do padrinho, mas não tirava os olhos de Lourenço e da filha do juiz, que andavam desta vez atrás de todos, conversando, rindo, perseguindo borboletas como duas crianças. Mariquinha detinha os passos para acompanhar os movimentos dos dois jovens, dolorosamente ferida pelo que, no íntimo, chamava inconstância de Lourenço. Poucas horas havia que o moço se mostrara apaixonado por ela e agora namorava às claras a Lucinda, a filha do juiz, a moça mais feia de Vila Bela. Forçoso era crer na volubilidade dos moços do Pará, de que tanto lhe falara a sua ama-de-leite, a boa Margarida. Com a alma ulcerada pelo ciúme e espezinhada na vaidade de moça bonita, sempre até ali preferida, Mariquinha caminhava em silêncio, afetando fadiga. Quando chegaram à vila, despediram-se uns dos outros à porta do tenente-coronel. Lourenço ainda continuou na companhia da família do juiz, e Mariquinha seguiu-o com o olhar até que o grupo se escondeu por detrás da igreja. Quando a moça voltou-se para entrar em casa, o padrinho a observava:

– Ora vamos, Maria, então que é isso? – perguntou meio zangado.

– Nada, não senhor – respondeu ela, e correu a esconder a vergonha e desespero no seio da boa Margarida, que debalde tentou enxugar-lhe as lágrimas com consolações sensatas.

Aquele amor rápido e profundo, feito talvez de muitos sentimentos contrários, produziu-lhe grande mudança nos hábitos, nos modos e no gênio. Vivia triste e aflita, vítima indefesa de uma paixão ardente, de uma dessas paixões que a gente só admite nas novelas, mas que também existem na vida real, principalmente entre as mulheres de nossa terra, impressionáveis em extremo. A moça passava dias sem comer, noites sem dormir, e quando alguma nova proeza do rapaz vinha lhe matar alguma pequenina esperança que alimentara no intervalo, chorava, e chorava no seio da Margarida, de sua querida mãe preta.

Porque Lourenço de Miranda era um desses moços que julgam ser-lhes tudo permitido. Acostumado aos namoros fáceis do Pará, pensava que em Vila Bela, na vida estreita da aldeia, podia impunemente brincar com o sentimentalismo das raparigas, sem refletir que as nossas moças não estão como as da cidade, fartas de ouvir galanteios nos passeios e nos bailes. As daqui tomam tudo a sério, acreditam em tudo. Lourenço, porém, pouco se lhe dava do que resultasse. Vivia alegre, gozando a licença, namorando claras e trigueiras, declarando o seu amor às caboclinhas do peito duro e às moças de família, franzinas e pálidas.

Uma vez, entretanto, Mariquinha julgou que alcançaria vitória. Foi numa tarde de janeiro, quente e linda, quando se encontraram no sítio da Prainha. Tinham ido algumas famílias a banho naquela saudável praia. Felizmente não estava a Lucinda, presa em Vila Bela por um defluxo rebelde, que mais a afeava. O fato foi de bom presságio, Mariquinha, que fora a contragosto ao passeio, sentiu intensa alegria.

Lourenço esteve adorável de paixão e de sentimento, e a afilhada do Álvaro Bento contou uma hora de completa felicidade no meio de tantas amarguras. Apesar de cercados pela vigilância suspeitosa de amigos e parentes, conseguiram encontrar-se a sós por um momento, sob a copa frondosa de um taperabá, à beira do rio. Lourenço perguntou o motivo da tristeza que todos lhe notavam, foi terno, solícito e amante. Disse que era a moça mais formosa da vila, e que no Pará, mesmo naquela grande cidade, tão rica em mulheres bonitas, jamais vira formosura igual. Que o seu maior desejo era possuí-la toda para si, porque a amava como nunca poderia amar e morreria, certamente, se não fosse correspondido.

– E a Lucinda? – perguntou a moça radiante de amor e de felicidade.

A Lucinda era uma tola à custa de quem gostava de divertir-se. Só a Mariquinha amava, só de Mariquinha sentia separar-se, quando se esgotasse o tempo da licença e tivesse de voltar a tomar o seu lugar na alfândega.

Mariquinha sentia a felicidade inundar-lhe a alma, o seu coração abria-se às mais lisonjeiras esperanças, os olhos brilhavam com um fulgor que embriagava a Lourenço. Todos os pesares da moça desvaneceram-se de súbito, as noites de insônia e os dias dolorosos foram esquecidos. O carmim tingiu-lhe as faces descoradas. O tronco do grande taperabá protegeu o primeiro e único beijo que trocaram aqueles dois amantes.

No dia seguinte, Mariquinha amanheceu cantando, o que surpreendeu a todos de casa, menos à velha Margarida, que durante a noite ouvira a história do passeio à Prainha. Passou a moça o dia alegre e contente, mas à noite esperava-a uma decepção horrível.

Reunidos em casa do capitão Amâncio, para um jogo de prendas, Mariquinha e Lucinda acharam-se frente a frente. Lourenço, por uma inexplicável contradição, foi todo atenções e desvelos para a filha do juiz, sem se importar com o despeito visível daquela a quem na véspera jurara um sincero amor. Lourenço e Lucinda, ao abrigo das liberdades do jogo, trocaram abraços e beijos, galanteios recíprocos à vista de todos, enquanto Mariquinha ralava-se de ciúmes e de raiva, reduzida a ouvir as amabilidades insulsas do dr. Filgueiras. A formosa moça retirou-se cedo e, quando chegou a casa, rompeu num pranto soluçado que terminou por um vagado de três horas.

Mariquinha achava-se deitada na rede alva de linho com ricas varandas de rendas encarnadas, mas não dormia. Ia já alta a noite. O quarto, fracamente alumiado por uma candeia de azeite de mamona, mostrava indecisamente o contorno dos objetos e das pessoas que continha. Pelos vãos das telhas, penetrava a aragem fresca da madrugada, embalsamada pelos odores da floresta e repassada da umidade do rio, cujo murmúrio brando se percebia no silêncio da vila. Nos outros aposentos da casa todos dormiam. Mariquinha, com os olhos semicerrados, com o corpo negligentemente estendido, pondo para fora da rede uma perna admiravelmente torneada, de um moreno-claro acetinado, no abandono do repouso recatado, estava silenciosa. O seu rosto estava pálido, da cor da alva camisola rendada que lhe cobria o corpo e que o arfar agitado dos seios soerguia a trechos.

Sentada no chão, a velha Margarida embalava de mansinho a rede e falava baixinho, baixinho, para que ninguém ouvisse senão a sua querida filha. Esta, porém, só na ânsia que o cabeção rendado revelava mostrava estar ouvindo:

A mãe preta dizia:

– É mesmo perto da Prainha, e na beira do Lago da Francesa... é uma tapuia velha, muito afamada...

Parou, para tomar do cachimbo, enchê-lo de tabaco, e continuou. A sua voz quase parecia um sopro. Mariquinha, imóvel, permanecia em silêncio:

– É um tajá... é remédio que não falha. Basta uma dose de colherinha de chá.

Ergueu-se a mãe preta. Foi acender o cachimbo à lamparina e, no aspirar a fumaça do cheiroso tabaco, apagou a luz. Disse com um gesto de impaciência:

– Ora bom. Se apagou a luz. Mas não faz mal, já está amanhecendo.

De fato, uma claridade tênue passava pelos vãos das telhas. Um galo cantou no quintal e na vizinhança outro galo respondeu.

A velha apertou com os dedos o tabaco aceso, para que pegasse melhor o fogo. Soltou duas longas baforadas e veio de novo sentar-se ao pé da rede. Mariquinha levara a mão ao peito, como para comprimir as pulsações do coração.

A mãe preta continuou.

– Não se pode duvidar. É remédio que não falha. Por que é que o capitão Amâncio ficou-se babando pela velha Inácia? Está claro que, sendo ela velha e feia, só podia ser por feitiço. E o senhor mesmo, seu padrinho, como foi que ficou tão agarrado à defunta Miquelina? Era preciso que eu não fosse de casa, para não saber? Pois se fui eu mesma quem arranjou o tajá. A defunta andava chorando, chorando, não comia nem bebia, por ciúmes da Joaninha Sapateira. Arranjou-se o tajá... e foi uma vez a Joaninha Sapateira. Nunca mais o senhor quis saber dela, e era só Miquelina para cá, Miquelina para lá, até que lhe deu aquela dor de peito que a matou, coitadinha!

Mariquinha fez um movimento para recolher a perna e soltou um fraco gemido.

A velha resmungou:

– Arre, minha gente, basta de choradeiras. É experimentar que se bem não fizer, mal não faz.

Passara-se uma semana. Uma tarde, entre várias pessoas que estavam tomando o fresco à porta do tenente-coronel Álvaro Bento, achava-se o filho do capitão Amâncio de Miranda, que viera despedir-se. A sua licença estava a esgotar-se. Dentro de três dias era esperado de Manaus o vapor que o havia de levar ao Pará, deixando muitas saudades em Vila Bela.

Quando Lourenço chegara, havia-se acabado de servir café às pessoas presentes. Um mulatinho do serviço ainda estava com a bandeja de xícaras vazias na mão.

– Moleque – disse o tenente-coronel, – dize lá dentro que mandem uma xícara de café para o sr. Lourenço.

O rapazinho foi dar o recado à velha Margarida. A mãe preta correu ao quarto de Mariquinha e disse-lhe ao ouvido:

– É agorinha.

Mariquinha foi à gaveta da cômoda buscar o tajá que a Margarida havia na véspera trazido do Lago da Francesa, e que, absorvido em pequena porção pelo filho do capitão Amâncio, devia deixá-lo louco de amores pela pessoa que lho ministrasse. Ela mesma ralou uma porção de raíz em uma língua de pirarucu. Tomou uma colherinha, encheu-a com o resíduo obtido, misturou-o com açúcar e depositou-o numa xícara de café que lhe trouxera a mãe preta.

Chamou o moleque e disse:

– Aqui está o café para o sr. Lourenço.

Custa-me a acabar esta triste história, que prova quão perniciosa é a crença do nosso povo em feitiços e feiticeiras. O tajá inculcado à pobre moça, como infalível elixir amoroso, é um dos mais terríveis venenos vegetais do Amazonas.

Lourenço, ao tomar o café, coitado! bebeu-o de um trago, sentiu fogo vivo a abrasar-lhe as entranhas. Deitou a correr pelas ruas como um louco. Meia hora depois, falecia em convulsões medonhas, com o rosto negro, e o corpo abriu-se-lhe em chagas.

Que mais vos direi?

A velha Margarida, interrogada pelo delegado de polícia, revelara a sua participação inconsciente naquela horrenda desgraça que aterrou a vila. A tapuia do Lago da Francesa morreu na cadeia, de maus-tratos.

Quanto à formosa e infeliz Mariquinha, desaparecera de Vila Bela, sem que jamais se soubesse o seu paradeiro. Ter-se-ia atirado ao rio e confiado à incerta correnteza aquele corpo adorável, tão desejado em vida? Ter-se-ia internado pela floresta para perder-se na solidão das matas? Quem jamais o pôde dizer?

Hoje, dos seus infaustos amores só resta como lembrança em Vila Bela o nome de *Amor de Maria*, dado pelo povo ao terrível tajá que matou o filho do capitão Amâncio.

ACAUÃ

O capitão Jerônimo Ferreira, morador da antiga vila de S. João Batista de Faro, voltava de uma caçada a que fora para distrair-se do profundo pesar causado pela morte da mulher, que o deixara subitamente só com uma filhinha de dois anos de idade.

Perdida a calma habitual de velho caçador, Jerônimo Ferreira transviou-se e só conseguiu chegar às vizinhanças da vila quando já era noite fechada.

Felizmente, a sua habitação era a primeira, ao entrar na povoação pelo lado de cima, por onde vinha caminhando, e por isso não o impressionaram muito o silêncio e a solidão que a modo se tornavam mais profundos à medida que se aproximava da vila. Ele já estava habituado à melancolia de Faro, talvez o mais triste e abandonado dos povoados do vale do Amazonas, posto que se mire nas águas do Nhamundá, o mais belo curso d'água de toda a região. Faro é sempre deserta. A menos que não seja algum dia de festa, em que a gente das vizinhas fazendas venha ao povoado, quase não se encontra viva alma nas ruas. Mas se isso acontece à luz do sol, às horas de trabalho e de passeio, à noite a solidão aumenta. As ruas, quando não sai a lua, são de uma escuridão pavorosa. Desde as sete horas da tarde, só se ouve na povoação o pio agoureiro do murucututu ou o lúgubre uivar de algum cão vagabundo, apostando queixumes com as águas múrmuras do rio.

Fecham-se todas as portas. Recolhem-se todos, com um terror vago e incerto que procuram esconjurar, invocando:

– Jesus, Maria, José!

Vinha, pois, caminhando o capitão Jerônimo a solitária estrada, pensando no bom agasalho da sua fresca rede de algodão trançado e lastimando-se de não chegar a tempo de encontrar o sorriso encantador da filha, que já estaria dormindo. Da caçada nada trazia, fora um dia infeliz, nada pudera encontrar, nem ave nem bicho, e ainda em cima perdera-se e chegava tarde, faminto e cansado. Também quem lhe mandara sair à caça em sexta-feira? Sim, era uma sexta-feira, e quando depois de uma noite de insônia se resolvera a tomar a espingarda e a partir para a caça, não se lembrara que estava num dia por todos conhecido como aziago, e especialmente temido em Faro, sobre que pesa o fado de terríveis malefícios.

Com esses pensamentos, o capitão começou a achar o caminho muito comprido, por lhe parecer que já havia muito passara o marco da jurisdição da vila. Levantou os olhos para o céu a ver se se orientava pela estrelas sobre o tempo decorrido. Mas não viu estrelas. Tendo andado muito tempo por baixo de arvoredo, não notara que o tempo se transtornava e achou-se de repente numa dessas terríveis noites do Amazonas, em que o céu parece ameaçar a terra com todo o furor da sua cólera divina.

Súbito, o clarão vivo de um relâmpago, rasgando o céu, mostrou ao caçador que se achava a pequena distância da vila, cujas casas, caiadas de branco, lhe apareceram numa visão efêmera. Mas pareceu-lhe que errara de novo o caminho, pois não vira a sua casinha abençoada, que devia ser a primeira a avistar. Com poucos passos mais, achou-se numa rua, mas não era a sua. Parou e pôs o ouvido à escuta, abrindo também os olhos para não perder a orientação de um novo relâmpago.

Nenhuma voz humana se fazia ouvir em toda a vila; nenhuma luz se via; nada que indicasse a existência de um ser vivente em toda a redondeza. Faro parecia morta.

Trovões furibundos começaram a atroar os ares. Relâmpagos amiudavam-se, inundando de luz rápida e viva as matas e os grupos de habitações, que logo depois ficavam mais sombrios.

Raios caíram com fragor enorme, prostrando cedros grandes, velhos de cem anos. O capitão Jerônimo não podia mais dar um passo, nem já sabia onde estava. Mas tudo isso não era nada. Do fundo do rio, das profundezas da lagoa formada pelo Nhamundá, levantava-se um ruído que foi crescendo, crescendo e se tornou um clamor horrível, insano, uma voz sem nome que dominava todos os ruídos da tempestade. Era um clamor só comparável ao brado imenso que hão de soltar os condenados no dia do Juízo Final.

Os cabelos do capitão Ferreira puseram-se de pé e duros como estacas. Ele bem sabia o que aquilo era. Aquela voz era a voz da cobra grande, da colossal sucuriju, que reside no fundo dos rios e dos lagos. Eram os lamentos do monstro em laborioso parto.

O capitão levou a mão à testa para benzer-se, mas os dedos trêmulos de medo não conseguiram fazer o sinal da cruz. Invocando o santo do seu nome, Jerônimo Ferreira deitou a correr na direção em que supunha dever estar a sua desejada casa. Mas a voz, a terrível voz aumentava de volume. Cresceu mais, cresceu tanto afinal, que os ouvidos do capitão zumbiram, tremeram-lhe as pernas e caiu no limiar de uma porta.

Com a queda, espantou um grande pássaro escuro que ali parecia pousado, e que voou cantando:

– Acauã, acauã!

Muito tempo esteve o capitão caído sem sentidos. Quando tornou a si, a noite estava ainda escura, mas a tempestade cessara. Um silêncio tumular reinava. Jerônimo, procurando orientar-se, olhou para a lagoa, e viu que a superfície das águas tinha um brilho estranho, como se a tivessem untado de fósforo. Deixou errar o olhar sobre a toalha do rio, e um objeto estranho, afetando a forma de uma canoa, chamou-lhe a atenção. O objeto vinha impelido por uma força desconhecida em direção à praia para o lado em que se achava Jerônimo. Este, tomado de uma curiosidade invencível, adiantou-se, meteu os pés na água e puxou para si o estranho objeto. Era com efeito uma pequena canoa, e no fundo dela estava uma criança que parecia dormir. O capitão tomou-a nos braços. Nesse momento, rompeu o sol por entre os animais de uma ilha vizinha, cantaram os galos da vila, ladraram os cães, correu rápido o rio, perdendo o brilho desusado. Abriram-se algumas portas. À luz da manhã, o capitão Jerônimo Ferreira reconheceu que caíra desmaiado justamente no limiar da sua casa.

No dia seguinte, toda a vila de Faro dizia que o capitão adotara uma linda criança, achada à beira do rio e que se dispunha a criá-la, como própria, conjuntamente com a sua legítima Aninha.

Tratada efetivamente como filha da casa, cresceu a estranha criança, que foi batizada com o nome de Vitória.

Educada da mesma forma que Aninha, participava da mesa, dos carinhos e afagos do capitão, esquecido do modo por que a recebera.

Eram ambas moças bonitas aos quatorze anos, mas tinham tipo diferente.

Ana fora uma criança robusta e sã, era agora franzina e pálida. Os anelados cabelos castanhos caíam-lhe sobre as alvas e magras espáduas. Os olhos tinham uma languidez doentia. A boca andava sempre contraída, numa constante vontade de chorar. Raras rugas divisavam-se-lhe nos cantos da boca e na fronte baixa, algum tanto cavada. Sem que nunca a tivessem visto verter uma lágrima, Aninha tinha um ar tristonho, que a todos impressionava, e se ia tornando cada dia mais visível.

Na vila, dizia toda a gente:

– Como está magra e abatida a Aninha Ferreira que prometia ser robusta e alegre!

Vitória era alta e magra, de compleição forte, com músculos de aço. A tez era morena, quase escura, as sobrancelhas negras e arqueadas; o queixo fino e pontudo, as narinas dilatadas, os olhos negros, rasgados, de um brilho estranho. Apesar da incontestável formosura, tinha alguma coisa de masculino nas feições e nos modos. A boca, ornada de magníficos dentes, tinha um sorriso de gelo. Fitava com arrogância os homens até obrigá-los a baixar os olhos.

As duas companheiras afetavam a maior intimidade e ternura recíproca, mas o observador atento notaria que Aninha evitava a companhia da outra, ao passo que esta a não deixava. A filha do Jerônimo era meiga para com a companheira, mas havia nessa meiguice um certo acanhamento, uma espécie de sofrimento, uma repulsão, alguma coisa como um terror vago, quando a outra cravava-lhe nos olhos dúbios e amortecidos os seus grandes olhos negros.

Nas relações de todos os dias, a voz da filha da casa era mal segura e trêmula; a de Vitória, áspera e dura. Aninha, ao pé de Vitória, parecia uma escrava junto da senhora.

Tudo, porém, correu sem novidade, até ao dia em que completaram quinze anos, pois se dizia que eram da mesma idade. Desse dia em diante, Jerônimo Ferreira começou a notar que a sua filha adotiva ausentava-se da casa freqüentemente, em horas impróprias e suspeitas, sem nunca querer dizer por onde andava. Ao mesmo tempo que isso sucedia, Aninha ficava mais fraca e abatida. Não falava, não sorria, dois círculos arroxeados salientavam-lhe a morbidez dos grandes olhos pardos. Uma espécie de cansaço geral dos órgãos parecia que lhe ia tirando pouco a pouco a energia da vida.

Quando o pai chegava-se a ela e lhe perguntava carinhosamente:

– Que tens, Aninha?

A menina, olhando assustada para os cantos, respondia em voz cortada de soluços:

– Nada, papai.

A outra, quando Jerônimo a repreendia pelas inexplicáveis ausências, dizia com altivez e pronunciado desdém:

– E que tem vosmecê com isso?

Em julho desse mesmo ano, o filho de um fazendeiro do Salé, que viera passar o S. João em Faro, enamorou-se da filha de Jerônimo e pediu-a em casamento. O rapaz era bem-apessoado, tinha alguma coisa de seu e gozava de reputação de sério. Pai e filha anuíram gostosamente ao pedido e trataram dos preparativos do noivado. Um vago sorriso iluminava as feições delicadas de Aninha. Mas um dia que o capitão Jerônimo fumava tranqüilamente o seu cigarro de tauari à porta da rua, olhando para as águas serenas do Nhamundá, a Aninha veio se aproximando dele a passos trôpegos, hesitante e trêmula, e, como se cedesse a uma ordem irresistível, disse, balbuciando, que não queria mais casar.

– Por quê? – foi a palavra que veio naturalmente aos lábios do pai tomado de surpresa.

Por nada, porque não queria. E, juntando as mãos, a pobre menina pediu com tal expressão de sentimento, que o pai, enleado, confuso, dolorosamente agitado por um pressentimento negro, aquiesceu, vivamente contrariado.

– Pois não falemos mais nisso.

Em Faro, não se falou em outra coisa durante muito tempo, senão na inconstância da Aninha Ferreira. Somente Vitória nada dizia. O fazendeiro do Salé voltou para as suas terras, prometendo vingar-se da desfeita que lhe haviam feito.

E a desconhecida moléstia da Aninha se agravava, a ponto de impressionar seriamente o capitão Jerônimo e toda a gente da vila.

Aquilo é paixão recalcada, diziam alguns. Mas a opinião mais aceita era que a filha do Ferreira estava enfeitiçada.

No ano seguinte, o coletor apresentou-se pretendente à filha do abastado Jerônimo Ferreira.

– Olhe, seu Ribeirinho, disse-lhe o capitão, é se ela muito bem quiser, porque não a quero obrigar. Mas eu já lhe dou uma resposta nesta meia hora.

Foi ter com a filha e achou-a nas melhores disposições para o casamento. Mandou chamar o coletor, que se retirara discretamente, e disse-lhe muito contente:

– Toque lá, seu Ribeirinho, é negócio arranjado.

Mas, daí alguns dias, Aninha foi dizer ao pai que não queria casar com o Ribeirinho.

O pai deu um pulo da rede em que se deitara havia minutos para dormir a sesta.

– Temos tolice?

E como a moça dissesse que nada era, nada tinha, mas não queria casar, terminou em voz de quem manda:

– Pois agora há de casar que o quero eu.

Aninha foi para o seu quarto e lá ficou encerrada até ao dia do casamento, sem que nem pedidos nem ameaças a obrigassem a sair.

Entretanto, a agitação de Vitória era extrema.

Entrava a todo o momento no quarto da companheira e saía logo depois com as feições contraídas pela ira.

Ausentava-se da casa durante muitas horas, metia-se pelos matos, dando gargalhadas que assustavam os passarinhos. Já não dirigia a palavra a seu protetor nem a pessoa alguma da casa.

Chegou, porém, o dia da celebração do casamento. Os noivos, acompanhados pelo capitão, pelos padrinhos e por quase toda a população da vila, dirigiram-se para a matriz. Notava-se com espanto a ausência da irmã adotiva da noiva. Desaparecera, e, por maiores que fossem os esforços tentados para a encontrar, não lhe puderam descobrir o paradeiro. Toda a gente indagava, surpresa:

– Onde estará Vitória?

– Como não vem assistir ao casamento da Aninha?

O capitão franzia o sobrolho, mas a filha parecia aliviada e contente.

Afinal, como ia ficando tarde, o cortejo penetrou na matriz, e deu-se começo à cerimônia.

Mas eis que, na ocasião em que o vigário lhe perguntava se casava por seu gosto, a noiva põe-se a tremer como varas verdes, com o olhar fixo na porta lateral da sacristia.

O pai, ansioso, acompanhou a direção daquele olhar e ficou com o coração do tamanho de um grão de milho.

De pé, à porta da sacristia, hirta como uma defunta, com uma cabeleira feita de cobras, com as narinas dilatadas e a tez verde-negra, Vitória, a sua filha adotiva, fixava em Aninha um olhar horrível, olhar de demônio, olhar frio que parecia querer pregá-la imóvel no chão. A boca entreaberta mostrava a língua fina, bipartida como língua de serpente. Um leve fumo azulado saía-lhe da boca, e ia subindo até ao teto da igreja. Era um espetáculo sem nome!

Aninha soltou um grito de agonia e caiu com estrondo sobre os degraus do altar. Uma confusão fez-se entre os assistentes. Todos queriam acudir-lhe, mas não sabiam o que fazer. Só o capitão Jerônimo, em cuja memória aparecia de súbito a lembrança da noite em que encontrara a estranha criança, não podia despegar os olhos da pessoa de Vitória, até que esta, dando um horrível brado, desapareceu, sem se saber como.

Voltou-se então para a filha e uma comoção profunda abalou-lhe o coração. A pobre noiva, toda vestida de branco, deitada sobre os degraus do altar-mor, estava hirta e pálida. Dois grandes fios de lágrimas, como contas de um colar desfeito, corriam-lhe pela face. E ela nunca chorara, nunca desde que nascera se lhe vira uma lágrima nos olhos!

– Lágrimas! – exclamou o capitão, ajoelhando aos pés da filha.

– Lágrimas! – clamou a multidão tomada de espanto.

Então convulsões terríveis se apoderaram do corpo de Aninha. Retorcia-se como se fora de borracha. O seio agitava-se dolorosamente. Os dentes rangiam em fúria. Arrancava com as mãos os lindos cabelos. Os pés batiam no soalho. Os olhos reviravam-se nas órbitas, escondendo a pupila. Toda ela se maltratava, rolando como uma frenética, uivando dolorosamente.

Todos os que assistiam a esta cena estavam comovidos. O pai, debruçado sobre o corpo da filha, chorava como uma criança.

De repente, a moça pareceu sossegar um pouco, mas não foi senão o princípio de uma nova crise. Inteiriçou-se. Ficou imóvel. Encolheu depois os braços, dobrou-os a modo de asas de pássaro, bateu-os por vezes nas ilhargas, e, entreabrindo a boca, deixou sair um longo grito que nada tinha de humano, um grito que ecoou lugubremente pela igreja:

– Acauã!

– Jesus! – bradaram todos caindo de joelhos.

E a moça, cerrando os olhos como em êxtase, com o corpo imóvel, à exceção dos braços, continuou aquele canto lúgubre:

– Acauã! Acauã!

Por cima do telhado, uma voz respondeu à de Aninha:

– Acauã! Acauã!

Um silêncio tumular reinou entre os assistentes. Todos compreendiam a horrível desgraça.

Era o Acauã!

O DONATIVO DO CAPITÃO SILVESTRE

Quereis saber a história do donativo que fez o capitão Silvestre para a guerra contra os senhores ingleses?

Posso contá-la, porque me achava em Óbidos nessa ocasião e fui testemunha ocular do fato.

Era no ano de 1862, e chegara do Pará o vapor *Manaus*, trazendo notícia circunstanciada do conflito levantado pelo ministro inglês William Dougal Christie a propósito das reclamações de súditos brasileiros e ingleses que deviam regular-se pela convenção de 2 de junho de 1858 e sob o pretexto da prisão de alguns oficiais da fragata *Forte*.

A atitude arrogante e violenta de Christie indignara o povo, despertando o pundonor nacional, agitando patrioticamente os ânimos.

Correra uma faísca elétrica do Sul ao Norte do Império e a corda do sentimento de nacionalidade, adormecida desde as sangrentas lutas da nossa integração política, posteriores à independência, vibrou sonoramente no coração dos paraenses.

Os filhos da Amazônia ainda sentem girar-lhes nas veias o sangue de Paiquecé e de Patroni. No fundo, todos temos ainda alguma coisa dos cabanos de 1835.

O governo imperial, receoso de uma luta armada com a Inglaterra, apelava para o patriotismo dos brasileiros, e enquanto a interveção dos reis de Portugal e da Bélgica procurava dar uma solução amigável à pendência, tratava o gabinete de S. Cristóvão de promover o armamento do país, e fora lembrado o meio das subscrições populares para remediar a carência de recursos no tesouro público.

Invocava-se o nunca desmentido patriotismo dos paraenses; pintava-se o insulto do inglês com cores carregadas e os agentes oficiosos, tanto pela imprensa como pela propaganda oral, procuravam incendiar os ânimos, lançando nos corações a centelha que gera os heroísmos.

Em Óbidos, a agitação era muito grande. O coronel Gama, chefe do partido conservador, e o juiz municipal, bacharelzinho ardente e desejoso do hábito da Rosa, eram os incumbidos de angariar donativos para o projetado armamento e não descansavam, valha a verdade, emulando um com o outro numa grande dedicação patriótica.

Mal apontara o vapor Manaus, e já a notícia vaga, incerta, obscura, exagerada pela viva imaginação amazonense circulava com a rapidez do telégrafo. Já se julgava declarada a guerra, e os mais prudentes tratavam de reunir as suas alfaias e de pô-las a bom recado.

Os mais ignorantes tremiam de susto à ida de ver surgir no porto de cima um navio de guerra de S. M. Britânica, pejado de canhões negros e ameaçadores.

O Eduardo Inglês, no seu sítio da outra banda, não se julgava seguro da vida, com medo do José do Monte, que prometera tirar-lhe o cacaual por demanda.

As listas de subscrição enchiam-se com verdadeiro delírio.

Afluía à cidade o povo dos arredores, trazendo ovos, galinhas, bananas, cacau seco e alguns magros cobres azinhavrados com que cada um dos subscritores concorria para a compra do armamento. Desde a importante soma de quinhentos mil réis, assinada pelo coronel Gama e por dois ou três negociantes da cidade, até o produto de meia dúzia de ovos de galinha, trazidos por alguma velha tapuia, havia donativos de todos os valores, nada mais tocante do que ver a humilde fiandeira de algodão, o simples pescador de tartarugas lançarem mão do único recurso que tinham em casa, uns ovos, uma cuia pintada, um rosário de contas ou o "bacamarte" de ouro, que representava a economia de muitos meses, talvez de anos, para levá-los orgulhosamente ao coronel Gama, a fim de o ajudar a vencer os navios de guerra da rainha Vitória!

Santo patriotismo popular, quantos heroísmos humildes e obscuros tens produzido nas épocas decisivas da nossa história!

Alma generosa do povo brasileiro, quão mal apreciada és pelos eternos faladores da Câmara dos Deputados!

Havia mais de 24 horas que em Óbidos ninguém se ocupava senão da Inglaterra, dos ingleses, de Christie e das eventualidades da guerra. Grupos formavam-se nas esquinas, às portas das lojas, em conversações agitadas e inquietas.

O juiz de direito recém-chegado de Santarém saíra duas vezes da casa do capitão Severino de Paiva, que o hospedava: uma vez para ir à Câmara Municipal, onde se achavam reunidos os vereadores, e outra para conferenciar com o comandante da fortaleza.

O delegado de polícia andava de fitão verde e amarelo a tiracolo, ora muito agitado, puxando nervosamente pelos punhos da camisa e relanceando os olhos a todos os lados, ora medindo o passo com gravidade solene, cônscio de que desempenhava um papel conspícuo.

O próprio vigário, o pacífico padre José, perorava nas esquinas, com gesto alevantado, a face incendiada de entusiasmo, sobraçando marcialmente a capa e teimando em chupar um cigarro apagado.

Pairava naquele dia sobre a cidade uma atmosfera de entusiasmo patriótico que por vezes cedia a um sentimento de terror vago e inconsciente. As histórias, as observações, os comentários, as invenções sobre os ingleses abundavam.

Alguns sujeitos tidos por avisados narravam, cercados de tapuios boquiabertos, o que haviam ouvido a viajantes sobre os costumes e a religião daquela gente que, farta de esmurrar-se em família, estava tentando reduzir-nos à escravidão e ao opróbrio para livremente e sem peias comer-nos as bananas e as laranjas dos quintais, com cascas e tudo.

Saindo do seu mutismo tradicional, o escrivão Ferreira contava numa roda de senhoras que os ingleses não querem saber de santos, que adoram uma cabeça de cavalo e se divertem socando as ventas aos amigos, para lhes aliviar com essa amistosa operação o cérebro sujeito a congestões violentas, pelo vapor da cerveja que sobe do estômago.

Afirmava o Marcelino que os ingleses falam atrapalhadamente para melhor esconder os seus segredos e surpreender os nossos e repisava o caso do tal que não entendia o português quando lhe cobravam uma conta.

O José do Monte jurava por Santo Antônio que vira o Eduardo Inglês devorar queijo bichado, abacate com azeite e vinagre, e a alface crua, sem tempero, como um boi a comer capim.

O professor Gonçalves explicava, mas sem que o acreditassem muito, que numa cidade de Inglaterra chamada Escócia os homens andavam de pernas de fora, como os caboclos do mato, com roupas de muitas cores, e a maior fidalguia da terra vivia roubando nas estradas e bebendo vinho até cair debaixo da mesa, que era essa a sua maior glória, lera-o num livro que lhe emprestara o Antônio Batista, livro escrito por um tal Walter Scott, inglês de nação.

O que mais entusiasmava a rapaziada era ouvir o capitão Matias, valentão dos quatro costados, exclamar muito cheio de si:

– Pois vocês, meu povo, estão com medo dos tais ingleses "comes frangues com batates?" Pois não sabem que os ingleses só prestam no jogo do soco, e que têm à arma branca um horror dos diabos? Eles são grandes em linha, a cem braças de distância, armados de suas espingardas aperfeiçoadas. Não arredam pé, morrem como moscas, sem deixar o seu lugar. A isso deveram a famosa vitória de Waterloo... Mas corpo a corpo, braço a braço, em combate à baioneta, não valem dez réis de mel coado, afianço eu. Um herege inglês, vendo uma boa faca de ponta, uma bicudinha bonita, fica logo que nem cera, branco de meter pena. Quando eles desembarcarem aqui, é metermo-nos no mato, depois cairmos de improviso em cima deles com uma boa carga à baioneta, e não fica um só para remédio. Esses tratantes têm tanto horror ao sangue, que o rei deles, para que não desfaleçam de susto nas batalhas, manda-os vestir a todos de vermelho. São uns maricas, digo-lhes eu!

Toda a gente ria, gozando as bravatas do Matias, os rapazes, cheios de boa vontade, antegozavam o prazer de espetar meia dúzia de ingleses na ponta de uma faca americana.

Em outro grupo, formado pela gentinha, um ex-praça de linha, natural do Rio, carioca da gema, o Antônio da Ribeira, abundava no juízo expendido pelo capitão Matias:

– Vocês hão de ver que os ingleses não chegam por cá. Só os capoeiras da minha terra dão cabo deles, é o que lhes digo.

Pois isso é lá gente que resista a uma rasteira e a uma cabeçada em forma, dada com arte? E mais pelam-se de medo das navalhas!...

E em apoio da sua opinião, o Antônio da Ribeira narrava com entusiasmo:

– Uma vez um camarada meu, ele era dos Permanentes da Corte, que é minha terra. Esse meu camarada levou dois ingleses para a estação, sem desembainhar o terçado. Os ingleses atacavam a murros e "goddemes", e o Permanente era só rasteiras e cabeçadas, e zás! trancafiou os "beefs" no xilindró. Pois se eles estão sempre bêbedos como se para eles a festa da Penha fosse todos os dias!

A animação e o entusiasmo patriótico cresciam. À tarde, as listas de subscrição continham mais de duzentos nomes.

O coronel Gama estava contentíssimo, e o juiz municipal sentia uma emoção crescente, mirando de soslaio a lapela do casaco, com visões de hábito da Rosa.

Na botica do Anselmo, discutiam-se os fatos. Uma pessoa lembrou que não estava nas listas o capitão Silvestre.

– Já temos nove contos de réis – dizia o coronel Gama. – O capitão Silvestre há de inteirar a dezena.

– Eu me incumbo de lhe falar, de convencê-lo com jeito – adiantou o juiz municipal.

– Não há de custar muito a convencê-lo – observou secamente o Gama. – O Silvestre não recusa o seu concurso, tratando-se de desafrontar a honra nacional.

— Vocês o dizem… — resmungou azedamente o boticário.

— Tenha paciência, Anselmo — retorquiu o coronel. — Você tem lá suas razões de zanga com o Silvestre; mas o homem é um patriota às direitas, provou-o muito bem na cabanagem. Vocês lembram-se do que ele fez quando os rebeldes quiseram entrar em Óbidos?

— Quem se não lembra?

— O capitão Silvestre, ao tempo em que era um simples negociante, fez o que todos sabem. Que não fará agora que é o homem mais rico de Óbidos?

— Bem lembra a cabanagem — disse o padre José, desfazendo um cigarro. — O Silvestre e os filhos carregaram à cabeça pedras para as fortificações. Correra que os rebeldes estavam a poucas léguas da cidade, e o terror era geral. A maior parte das famílias preparou a fuga para Manaus. O capitão Silvestre fechou a loja, saiu para a rua, animou os timoratos e convenceu a todos de que era melhor resistir do que abandonar a povoação a meia dúzia de tapuios tontos. E para juntar o exemplo à palavra, ele e os filhos, as crianças inclusive, carregavam à cabeça as pedras necessárias para fortificar a cidade, que a sua energia salvou do saque.

Por entre as baforadas de fumo dos cigarros, tendo por principal assunto o capitão Silvestre, a palestra prolongou-se. Gabaram a sua generosidade, a sua riqueza e o seu patriotismo.

Silvestre era um dos mais abastados negociantes e fazendeiros do município.

A sua incrível atividade, que contrastava com a indolência geral, a sua inteligência ilustrada pela leitura constante de bons livros fizeram-no um industrial progressista que sabia aproveitar os elementos postos à sua disposição pela soberba natureza do Amazonas.

Não cessavam elogios de amigos e censuras encapotadas de invejosos, quando, mesmo a talho de foice, contou alguém que passava, que o capitão acabava de abeirar ao porto de baixo na sua grande galeota de negócio.

Entre o Gama e o juiz municipal, formou-se o acordo de irem juntos à casa do homem, apresentar-lhe a lista de subscritores.

O capitão, à vista de seus precedentes, não assinaria menos de trinta "bacamartes" para tão patriótico fim.

O "bacamarte" era uma moeda de ouro dos Estados Unidos que corria então com abundância no interior do Pará. Valia pouco mais ou menos trinta e seis mil réis da nossa moeda.

Com a subscrição do Silvestre, as somas obtidas em Óbidos passariam de dez contos. Obtidos, o Gama e o juiz municipal fariam um figurão.

O capitão Silvestre acabava de chegar à sua grande casa da rua de Bacuri. Os baús ainda estavam espalhados na sala térrea que dá para a travessa da rua do Porto, e sobre um deles sentara-se negligentemente o fazendeiro, à espera de que viessem iluminar a sala ainda escura.

Era um homem de cerca de sessenta anos, de estatura meã, nervoso e seco.

Os cabelos grisalhos, cortados à escovinha, davam-lhe à fisionomia um ar severo.

Exprimia-se bem, mas todas as suas palavras tinham um tom autoritário, proveniente do hábito de mandar.

Nas suas grandes fazendas de cultura e de criação, uma ordem sua era obedecida sem réplica, não só pelos escravos e agregados, mas ainda por todos os vizinhos que ele protegia, mas que o respeitavam como a um superior.

Tendo-o visto chegar, fui vê-lo.

Recebeu-me familiarmente, sem levantar-se do baú em que se assentara.

Conversávamos alegremente sobre a colheita do ano, quando avisaram a visita do coronel Gama e do juiz municipal.

Acendeu-se um lampião de azeite. As visitas foram recebidas na mesma sala em que nos achávamos.

O Gama e o juiz municipal entraram com ar solene e sentaram-se gravemente.

– Senhor capitão – começou o juiz pausadamente, – Vossa Senhoria já sabe talvez o motivo da nossa visita, e julgo que nada teremos a acrescentar a fim de obtermos aquilo pelo que viemos à sua casa.

O juiz estava enganado. O capitão não sabia do que se tratava.

– Pois então vamos pô-lo ao fato de tudo! – prometeu com ênfase o coronel Gama.

Mas o bacharel não lhe deu tempo para cumprir a promessa. Endireitou-se na cadeira e com um acionado brando, medido, elegante, expôs:

– Os brios nacionais, sr. capitão, acabam de sofrer uma sangrenta afronta de um representante oficial da velha Albion.

– Da Inglaterra... – explicou o Gama, complacente.

– Não me admira isso – murmurou o Silvestre com os lábios meio fechados. – E o governo?

– Aí é que pega o carro! – exclamou o coronel Gama, dando uma forte palmada na perna direita.

– Eis aí a questão, "that is the question", como dizem os tais ingleses, ou "hoc opus hic labor est", como diziam os romanos do outro tempo.

E o juiz municipal, tendo assim mostrado a sua erudição em línguas, continuou:

– O governo não podia conservar-se indiferente ao insulto do Bretão à dignidade nacional, mandando aprisionar navios brasileiros em plena paz e dentro da formosa baía de Guanabara. Entretanto, as circunstâncias eram críticas. O inglês ameaçava a cidade do Rio de Janeiro, que não está preparada para a defesa, e o nosso país, como todos nós sabemos, não pode lutar de frente com as hostes da soberana dos mares. Daí a necessidade da prudência, como muito bem compreendeu o gabinete imperial. O governo brasileiro apesar de ter carradas de razão, pois se escudava numa convenção solene e no direito das gentes, limitou-se à via diplomática ...

– Satisfações pelo insulto recebido! – exclamou o capitão Silvestre com um relâmpago no olhar.

– Que quer? – desculpou o Gama, – o país não estava preparado...

– E não o está ainda – corrigiu o juiz. – Demais, não foram propriamente satisfações que deu o Brasil, mas explicações sobre a demora dos processos arbitrais, e, enquanto isso, tratou o governo de preparar o país para uma luta possível. E como as finanças... o estado pecuniário não é lisonjeiro, resolveu recorrer ao nunca desmentido patriotismo dos brasileiros...

– Ah! – fez o capitão Silvestre, sentando-se pesadamente no baú.

— Já vê Vossa Senhoria, senhor capitão que o governo não contou em vão com esse sentimento inato no coração de todos os filhos da terra de Santa Cruz. Por toda a parte formaram-se espontaneamente comissões, organizaram-se listas, e os donativos afluem com entusiasmo que faz honra ao nosso povo, e que há de mostrar a sir William Christie que não se esbofeteia impunemente uma nação briosa.

— Cá em Óbidos — acrescentou o Gama, aproveitando a pausa, — o resultado excede à expectativa.

E com orgulho:

— O presidente da província há de se convencer que vale muito ter amigos dedicados. O governo não pode ser indiferente às provas... sim, a tudo que temos. Eu, o Vitorino, o Figueiredo, o Nunes e o Machado assinamos quinhentos mil réis cada um! O Antônio Batista, aquele forreta, dez "bacamartes" de ouro!

E o coronel Gama mostrava as listas cheias, que sacara da algibeira interna da sobrecasaca de pano fino, lustrosa e grave com passadeiras de cordão de seda.

Mas o astuto bacharel não perdeu a ocasião de lhe dar um "xeque-mate". Tirou do bolso do fraque um papel que desdobrou com elegância, dizendo:

— No alto da minha lista, ficou um lugar destinado a assinalar a generosidade e o patriotismo do capitão Silvestre, o mais abastado fazendeiro do município…

Ergueu-se o capitão Silvestre, denunciando no rosto uma resolução enérgica. O juiz puxou o lápis da carteira e ofereceu-lhe graciosamente, todo curvado, antegostando o prazer de alcançar um donativo valioso que mostrasse a sua influência e o seu prestígio no lugar em que exercia a judicatura. Recusou Silvestre o lápis com um gesto galhardo:

– Escreva Vossa Senhoria mesmo, senhor doutor "Silvestre José Rodrigues de Sousa"…

– Silvestre… José… Rodrigues… de Sousa – repetiu o juiz, pronunciando cada nome à medida que escrevia no alto de uma lista, curvado sobre uma pequena mesa de cedro onde estava o lampião.

Quando acabou de escrever os nomes todos, voltou-se risonho de esperanças para o capitão Silvestre, perguntando:

– Com quanto subscreve?

– Escreva – tornou o capitão. – Escreva Vossa Senhoria … cem bacamartes …

– Cem "bacamartes" de ouro! – exclamaram uníssonos o juiz e o coronel, transportados de admiração e de inveja, pela generosidade da dádiva principesca, que deixava a perder de vista os faustosos quinhentos mil-réis do Figueiredo, do Machado, do Nunes, do Gama e do Vitorino.

– Cem "bacamartes" de ouro! – repetiram num aturdimento cheio de miragens de condecorações.

– Cem bacamartes – afirmou o capitão Silvestre com indignação concentrada.

E logo bradou numa explosão de cólera que acaçapou os dois amigos, metendo-os pelo chão abaixo:

– E quinhentos cartuchos embalados para guerrear esse governo que barateia os brios da Nação.

O GADO DO VALHA-ME-DEUS

Sim, para além da grande serra do Valha-me-Deus, há muito gado perdido nos campos que, tenho para mim, se estendem desde o Rio Branco até às bocas do Amazonas! Já houve quem o visse nos campos que ficam para lá da margem esquerda do Trombetas, de que nos deu a primeira notícia o padre Nicolino, coisa de que alguns ainda duvidam, mas todos entendem que, a existir tal gado, nessas paragens, são reses fugidas das fazendas nacionais do Rio Branco. Cá o tio Domingos tem outra idéia, e não é nenhuma maluquice dos seus setenta anos puxados até o dia de S. Bartolomeu, que é isso a causa de todos os meus pecados, ainda que mal discorra; tanto que, se querem saber a razão desta minha teima, lá vai a história tão certa como se ela passou, que nem contada em letra de forma ou pregada do púlpito, salvo seja, em dia de sexta-feira maior. O tio Domingos Espalha chegou à casa dos setenta sem que jamais as unhas lhe criassem pintas brancas, e os dentes lhe caíram todos sem nunca haverem mastigado um carapetão, isso o digo sem medo de que traste nenhum se atreva a chimpar-me o contrário na lata.

Pois foi, já lá vão bons quarenta anos ou talvez quarenta e cinco, que nisto de contagem de anos não sou nenhum sábio da Grécia, tinha morrido de fresco o defunto padre Geraldo, que Deus haja na sua santa glória, e cá na terra foi o dono da fazenda Paraíso, em Faro, e possuía também os campos do Jamari, onde bem bons tucumãs-assu eu comi no tempo em que ainda tinha mobília na sala, ou, salvo seja, dentes esta boca que nunca mentiu, e que a terra fria há de comer.

Padre Geraldo fez no seu testamento uma deixa da fazenda ao Amaro Pais que levava toda a vida de pagode em Faro, e aqui em Óbidos, e nunca pôde contar as milhares de cabeças que o defunto padre havia criado no Paraíso, e que passavam pelas mais gordas e pesadas de toda esta redondeza.

Não que o visse, não senhores, eu não vi; mas todos gabavam o asseio com que o padre criava aquele gado, que era mesmo a menina dos seus olhos, a ponto de passar quinze anos de sua vida sem comer carne fresca, por não ter ânimo de mandar sangrar uma rês. Quando fui contratado para a fazenda, já o defunto havia dado a alma a Deus por causa de umas friagens que apanhara embarcado, e de que lhe nascera um pão de frio, bem por baixo das costelas direitas, não havendo lambedor nem mezinha que lhe valesse, porque, enfim, já chegara a sua hora, lá isso é que é verdade.

Havia um ano que a fazenda Paraíso estava, por assim dizer, abandonada, porque o Amaro nunca lá aparecia, senão para se divertir, atirando ao gado, como quem atira a onças e fazendo-se valente na caçada dos pobres bois, criaturas de Deus, que a ninguém ofendem, porque, enfim, isso lá de uma pequena marrada de vez em quando é para se defenderem e experimentarem o peito do vaqueiro, porque o boi sempre é animalzinho que embirra com gente maricas. As proezas do Amaro Pais tinham feito embravecer o gado, que, por fim, já ninguém era capaz de o levar para a malhada e ainda menos de o meter no curral, o que era pena para um gadinho tão amimado pelo padre Geraldo, um verdadeiro rebanho de carneiros pela mansidão, que era mesmo de se lavar com um bochecho para não dizer mais, e a alma do padre lá em cima havia de estar se mordendo de zanga, vendo as suas reses postas naquele estado pelo estrompa do herdeiro, que fazia dor de coração.

Não pensem que eu agora digo isto para me gabar, pois quem pensar o contrário não tem mais do que perguntar aos moleques do meu tempo a razão por que me deram o apelido de Domingos Espalha, que era porque nenhum vaqueiro da terra, do Rio Grande, ou de Caiena me agüentava no repuxo da vaqueação; eu era molecote ainda, mas, quando se tratava de alguma fera difícil, era o Domingos Espalha que se ia buscar onde estivesse, porque ninguém melhor do que ele conhecia as manhas do gadinho, e segurava-se melhor na sela sem estribos nem esporas, à moda da minha terra, de onde vim pequeno, mas já entendido nestes assados.

Pois para a festa de S. João, que o Amaro Pais ia passar na vila, queria ele uma vaca bem gorda para comer, e me incumbiu a mim e ao Chico Pitanga de tomarmos conta da fazenda, assinalar o gado orelhudo e remeter a vaca a tempo de chegar descansada nas vésperas da festa, o que me parecia a mim que era a tarefa mais à toa de que me encarregara até então, embora os outros vaqueiros me dissessem que havia de perder o meu *latim* com o tal gadinho de uma figa.

O Chico Pitanga e eu entramos na *montaria*, levando um par de cordas de couro feitas por mim mesmo com corredeiras de ferro, um paneiro de farinha e um frasco de cachaça da boa, feita de farinha de mandioca, que era de queimar as goelas e consolar a um filho de Deus.

Abicamos ao porto do Paraíso às seis horas da tarde, recolhemo-nos à casa por ser já tarde para procurar o gado, que, entretanto, ouvíamos mugir a pequena distância, e parecia estar encoberto por um capão de mato. Fizemos a nossa janta de pirarucu assado e farinha, não mostramos cara feia à aguardente de beiju e ferramos num bom sono toda a noite até que pela madrugadinha saímos em busca do gado, montando em pêlo dois cavalos da fazenda que encontramos pastando perto do curral. Qual gado, nem pera gado! Batemos tudo em roda, caminhamos todo o santo dia, e eu já dizia para o Chico Pitanga que a fama do Espalha tinha espalhado a boiama, quando lá pelo cair da tarde fomos parar à ilha da Pocova-Sororoca, que fica bem no meio do campo, a umas duas léguas da casa-grande. Bonita ilha, sim, senhores, é mesmo de alegrar a gente aquele imenso pacoval no meio do campo baixo, que parece um enfeite que Deus Nosso Senhor botou ali para se não dizer que quis fazer campo, campo e mais nada. Bonita ilha, sim, senhores, porém muito mais bonita era a vaca que lá encontramos, deitada debaixo de uma árvore, mastigando, olhando pra gente muito senhora de si, sem se afligir com a nossa presença, parecia uma rainha no seu palácio, tomando conta daquela ilha toda, com um jeito bonzinho de quem gosta de receber uma visita e tem prazer em que a visita se assente debaixo da mesma árvore, goze da mesma sombra e descanse como está descansando. Não, senhores, não tinha nada de gado bravo a tal vaquinha, grande, gorda, roliça de fazer sela, negra da cor da noite, com um ar de tão boa carne que o diacho do Chico Pitanga ficou logo de água na boca, e vai não vai prepara laço para lhe botar nos madeiros, com perdão da palavra. Me bateu uma pancada no coração, dura como acapu, de não sei que me parecia ofender aquela vaca tão gorda e lisa, que ali estava tão a seu gosto, querendo meter a gente no coração com os olhos brandos e amigos, sem cerimônia nenhuma e muito senhora de si, e disse pro Chico que aquilo era uma vergonha pra mim ser mandado como vaqueiro mais sacudido a amansar aquele gado bravo, e por fim de contas segurar a primeira vaca maninha que encontrava, como qualquer curumim sem prática da arte: mas o tinhoso falou na alma de meu companheiro que, sem mais aquela, atirou o laço e segurou os cornos da vaca. Ela, coitadinha, se empinou toda, deixando ver o peito branco, com umas tetinhas de moça, palavra de honra! E eu, pra não parecer que receava o lance, botei-lhe a minha corda também. Olhem que corda tecida por mim é dura de arrebentar, pois arrebentaram ambas como se fossem linha de coser, só com um puxão que a tal vaquinha lhe deu, e vai senão quando, com a força, cai a vaca no chão e fica espichada que nem um defunto.

Cá pra mim, que conheço as manhas do povo com que lido, disse logo que aquilo era fingimento, e botei-me pra ela pra a sujeitar pelos chifres, que para isso pulso tinha eu, não é por me gabar. Mas qual fingimento nem meio fingimento! A vaca estava morta e bem morta, como se a queda lhe tivesse arrebentado os bofes, apesar de eu a ter visto, havia tão pouco tempo, viva e sã, como nós aqui estamos, mal comparado, o que mostra que o homem não é nada neste mundo.

Mas era tão nova a morte, e havia já mais de uma semana que não comíamos senão pirarucu seco, que aquela gordura toda me fez ferver o sangue, me deu uma fome de carne fresca, que parecia que já tinha o sal na boca, da baba que me caía pelos beiços abaixo; trepei em cima da vaca e sangrei-a na veia do pescoço, e logo o Chico Pitanga lhe furou a barriga, rasgando-a dos peitos até as maminhas, com perdão de vosmecês. O diacho da vaca, dando um estouro, arrebentou como uma bexiga cheia de vento, e em vez de aparecer a carne fresca, era espuma e mais espuma, uma espuma branca como algodão em rama, que saía da barriga, dos peitos, dos quartos, do lombo, de toda parte enfim, pois que a vaca não era senão ossos, espuma e couro por fora, e acabou-se; e logo (me disse depois o Chico Pitanga) o demônio da rês começou a escorrer choro pelos olhos, como se lhe doesse muito aquela nossa ingratidão.

Largamos a rês no campo e, como já se ia fazendo tarde, voltamos de corrida para casa, onde dormimos sabe Deus como, sem cear, é verdade, porque a malvada espuma me tinha revirado as tripas que tudo me fedia.

Mal veio a madrugada, fomos caminho da ilha da Pacova-Sororoca, à procura da vacada, levando cada um o seu saquinho cheio de farinha d'água, e outro de sal, para a demora que houvesse, e vimos uma grande batida de gado, em roda do lugar onde havíamos deixado na véspera o corpo da vaca preta, mostrando que eram talvez para cima de cinco mil cabeças, mas não achamos uma só rês, nem mesmo a tal vaquinha assassinada por nós.

Me ferveu o sangue, e eu disse para o Chico Pitanga:

– Isto também já é demais. Ou eu hei de encontrar os diachos das reses, ou não me chame Domingos Espalha.

E botamo-nos no campo, busca daqui, bate de lá, vira dali, corre pra cá, até que pela volta do meio-dia descobrimos o rasto, uma imensa batida, com as pegadas no chão, que se estava vendo que o gado passara ali naquele instantinho, e tivemos certeza de que eram mais de cinco mil cabeças, pois a estrada era larga como o

Amazonas aqui defronte, e as pegadas unidas miúdo, miúdo, de gado muito apertado que foge a toda pressa, com os cornos no rabo uns dos outros; e vosmecês desculpem esta minha franqueza, que eu nunca andei na escola. A batida ia direito, direito para o centro das terras, e vai o Chico Pitanga disse: "Seu Espalha, a bicharia passou ainda agorinha". E nos botamos a toda a brida, seguindo o rasto, sempre vendo sinais certos da passagem da vacada, mas sem encontrar viv'alma, no caminho.

Já estávamos cansados da vida, mais mortos do que outra coisa, nos apeamos e sentamos à beira do Igarapé dos Macacos para nos refrescarmos com um pouco de chibé. Vinha caindo a noite, e do outro lado do Igarapé, no meio de um capinzal de dez palmos de altura, ouvíamos mugir o gado, tão certo como estarem vosmecês me ouvindo a mim, com a diferença que nós tivemos um alegrão e tratamos de dormir depressa para acordarmos cedo, bem cedinho, e irmos cercar os bois do Amaro Pais que daquela feita não nos haviam de escapar, ainda que tivesse eu de botar os bofes pela boca fora, ficando estirado ali no meio do campo.

Eu nunca na minha vida passei nem hei de passar, com perdão de Deus, uma noite tão feia como aquela! Começou a chover uma chuvinha miúda, que não tardou em varar as folhas dos ingazeiros que nos cobriam, de forma que era o mesmo que estarmos na rua; os pingos d'água, rufando no arvoredo, caíam duros e frios nas nossas roupas já úmidas de suor, e punham-nos a bater queixo, como se tivéssemos sezões; logo, logo começou a boiada a uivar, *paresque* chorando a morte da maninha, que fazia um berreiro dos meus pecados, com a diferença que era um choro que parecia de gente humana, e nos dava cada sacudidela no estômago que só por vergonha não solucei, ao passo que o maricas do Chico Pitanga chorava como um bezerro, que metia dó. Aquilo estava bem claro que a vaca preta era a mãe do rebanho, e, como nós a tínhamos assassinado, havíamos de agüentar toda aquela choradeira.

Por maior castigo ainda, os cavalos pegaram medo daquele barulho, romperam as cordas e fugiram tão atordoados que nos deram grande canseira para os agarrar, e nisso levamos a noite toda, sem pregar olho nem descansar um bocado. Quando vinha vindo a madrugada, passamos o Igarapé dos Macacos e entramos no capinzal, que era a primeira vez que avistávamos aquelas paragens, que já nem sabíamos a quantas léguas estávamos da fazenda Paraíso, navegando naquele sertão central. Era um campo muito grande, que se estendia a perder de vista, quase despido de árvores, distanciando-se apenas de longe em longe no meio do capinzal verde as folhas brancas das embaúbas, balançadas pelo vento para refrescar a gente no meio daquela soalheira terrível, capaz de assar um frango vivo.

Vimos perfeitamente o lugar onde o gado passara a noite, um grande largo, com o capim todo machucado, mas nem uma cabecinha pra remédio! Já tinham os diachos seguido seu caminho, sempre deixando atrás de si uma rua larga, aberta no capinzal, em direção à Serra do Valha-me Deus, que depois de duas horas de viagem começamos a ver muito ao longe, espetando no céu as suas pontas azuis. Galopamos, galopamos atrás deles, mas qual gado, nem pera gado, só víamos diante da cara dos cavalos aquele imenso mar de capim com as pontas torradas por um sol de brasa, parecendo sujas de sangue, e no fundo a Serra do Valha-me-Deus, que parecia fugir de nós a toda pressa. Ainda dormimos aquela noite no campo, a outra e a outra, sempre seguindo durante o dia as pegadas dos bois, e ouvindo à noite a grande choradeira que faziam a alguns passos de distância de nós, mas sem nunca lhes pormos a vista em cima, nem um bezerro desgarrado, nem uma vaquinha preguiçosa! Eu já estava mesmo levado da carepa, anojado, triste, desesperado da vida, cansado na alma de ouvir aquela prantina desenfreada todas as noites, sem me deixar pregar o olho, e o Chico Pitanga cada vez mais pateta, dizendo que aquilo era castigo por termos assassinado a mãe do gado; ambos com fome, já não podíamos mover os braços e as pernas, galopando, galopando por cima do rasto da boiada, e nada de vermos coisa que parecesse com boi nem vaca, e só campo e céu, céu e campo, e de vez em quando bandos e bandos de marrecas, colhereiras, nambus, maguaris, garças, tuiuiús, guarás, carões, gaivotas, maçaricos e arapapás que levantavam o vôo debaixo das patas dos cavalos, soltando gritos agudos, verdadeiras gargalhadas por se estarem rindo do nosso vexame lá na sua língua deles. E os cavalos, cansados, trocando a andadura, e nós com pena deles, a farinha acabada, de pirarucu nem uma isca, sem arma para atirar aos pássaros, nem vontade para isso, sem uma pinga de aguardente, sem uma rodela de tabaco, e a batida do gado espichando diante de nós, cada vez mais comprida, para nunca mais acabar, até que uma tarde, já de todo sem coragem, fomos dar com os peitos bem na encosta da Serra do Valha-me-Deus, onde nunca sonhei chegar, e bem raros são os que se têm atrevido a aproximar-se dela.

Mas o diacho das pegadas do gado subiam pela serra acima, trepavam em riba uma das outras até se perder de vista, por um caminho estreito que volteava no monte e parecia sem fim. Ali paramos, quando vimos aquele mundo da Serra do Valha-me-Deus, que ninguém subiu até hoje, nos tapando o caminho, que era mesmo uma maldição; pois, se não fosse o diacho da serra, eu cumpriria a minha promessa, ainda que tivesse de largar a alma no campo.

    Nunca vi cachorro mais danado do que eu fiquei. Voltamos para trás, moídos que nem mandioca puba em *tipiti*, curtindo oito dias de fome de farinha e sede de aguardente, até chegarmos à fazenda Paraíso, e só o que eu digo é que nunca encontrei gado que me desse tanta canseira.

O BAILE DO JUDEU

Ora um dia lembrou-se o Judeu de dar um baile e atreveu-se a convidar a gente da terra, a modo de escárnio pela verdadeira religião de Deus Crucificado, não esquecendo no convite família alguma das mais importantes de toda a redondeza da Vila. Só não convidou o vigário, o sacristão, nem o andador das almas, e menos ainda o juiz de direito; a este por medo de se meter com a Justiça, e aqueles pela certeza de que o mandariam pentear macacos.

Era de supor que ninguém acudisse ao convite do homem que havia pregado as bentas mãos e os pés de Nosso Senhor Jesus Cristo numa cruz, mas, às oito horas da noite daquele famoso dia, a casa do Judeu, que fica na rua da frente, a umas dez braças quando muito da barranca do rio, já não podia conter o povo que lhe entrava pela porta dentro; coisa digna de admirar-se hoje que se prendem bispos e por toda a parte se desmascaram lojas maçônicas, mas muito de assombrar naqueles tempos em que havia sempre algum temor de Deus e dos mandamentos de sua Santa Madre Igreja Católica Apostólica Romana.

Lá estavam em plena judiaria, pois assim se pode chamar a casa de um malvado Judeu, o tenente-coronel Bento de Arruda, comandante da guarda nacional, o capitão Coutinho, comissário das terras, o dr. Filgueiras, o delegado de polícia, o coletor, o agente da companhia do Amazonas; toda a gente grada, enfim, pretextando uma curiosidade desesperada de saber se de fato o Judeu adorava uma cabeça de cavalo, mas, na realidade, movida da notícia da excelente cerveja Bass e dos sequilhos que o Izaac arranjara para aquela noite, entrava alegremente no covil de um inimigo da Igreja, com a mesma frescura com que iria visitar um bom cristão.

Era em junho, num dos anos de maior enchente do Amazonas. As águas do rio, tendo crescido muito, haviam engolido a praia e iam pela ribanceira acima, parecendo querer inundar a rua da frente, e ameaçando com um abismo de vinte pés de profundidade os incautos transeuntes que se aproximavam do barranco.

O povo que não obtivera convite, isto é, a gente de pouco mais ou menos, apinhava-se em frente à casa do Judeu, brilhante de luzes, graças aos lampiões de querosene, tirados da sua loja, que é bem sortida. De torcidas e óleo é que ele devia ter gasto suas patacas nessa noite, pois quanto aos lampiões, bem lavadinhos e esfregados com cinza, hão de ter voltado para as prateleiras da bodega.

Começou o baile às 8 horas, logo que chegou a orquestra, composta do Chico Carapanã, que tocava violão, do Pedro Rabequinha e do Raimundo Penaforte, um tocador de flauta de que o Amazonas se orgulha. Muito pode o amor ao dinheiro, pois que esses pobres homens não duvidaram tocar na festa do Judeu com os mesmos instrumentos com que acompanhavam a missa aos domingos na Matriz; por isso dois deles já foram severamente castigados, tendo o Chico Carapanã morrido afogado um ano depois do baile, e o Pedro Rabequinha sofrido quatro meses de cadeia por uma descompostura que passou ao capitão Coutinho a propósito de uma questão de terras. O Penaforte que se acautele!

Muito se dançou naquela noite, e, a falar a verdade, muito se bebeu também, porque em todos os intervalos da dança lá corriam pela sala os copos da tal cerveja Bass que fizera muita gente boa esquecer os seus deveres. O contentamento era geral, e alguns tolos chegavam mesmo a dizer que na vila nunca se vira um baile igual!

A rainha do baile era incontestavelmente a d. Mariquinhas, mulher do tenente-coronel Bento de Arruda, casadinha de três semanas. Alta, gorda, tão rosada que parecia uma portuguesa, a d. Mariquinhas tinha uns olhos pretos que haviam transtornado a cabeça a muita gente; e o que mais nela encantava era a faceirice com que sorria a todos, parecendo não conhecer maior prazer do que ser agradável a quem lhe falava. O seu casamento fora por muitos lastimado, embora o tenente-coronel não fosse propriamente um velho, pois não passava ainda dos cinqüenta; diziam todos que uma moça nas condições daquela tinha onde escolher melhor, e falava-se muito de um certo Lulu Valente, rapaz dado a caçoadas de bom gosto, que morrera pela moça, e ficara fora de si com o casamento do tenente-coronel; mas a mãe era pobre, uma simples professora régia! O tenente-coronel era rico, viúvo, sem filhos, e tantos foram os conselhos, os rogos e agrados, e, segundo outros, as ameaças da velha, que a d. Mariquinhas não teve outro remédio senão mandar o Lulu às favas e casar com o Bento de Arruda; mas nem por isso perdeu a alegria e a amabilidade, e na noite do baile do Judeu estava deslumbrante de formosura, com seu vestido de nobreza azul-celeste, as suas pulseiras de esmeraldas e rubis, os seus belos braços brancos e roliços, de uma carnadura rija; e alegre como um passarinho em manhã de verão. Se havia, porém, nesse baile alguém alegre e satisfeito de sua sorte era o tenente-coronel Bento de Arruda que, sem dançar, encostado aos umbrais de uma porta, seguia com o olhar apaixonado todos os movimentos da mulher, cujo vestido, às vezes, no rodopiar da valsa, vinha roçar-lhe as calças brancas, causando-lhe calafrios de contentamento e de amor.

Às onze horas da noite, quando mais animado ia o baile, entrou de repente um sujeito baixo, feio, de casacão comprido e chapéu desabado, que não deixava ver o rosto, escondido também pela gola levantada do casaco. Foi direito a d. Mariquinhas, deu-lhe a mão, tirando-a para uma contradança que se ia começar.

Foi muito grande a surpresa de todos, vendo aquele sujeito de chapéu na cabeça, e mal amanhado, atrever-se a tirar uma senhora para dançar, mas logo cuidaram que aquilo era uma troça e puseram-se a rir com vontade, acercando-se do recém-chegado para ver o que faria. A própria mulher do Bento de Arruda ria-se a bandeiras despregadas, e, ao começar a música, lá se pôs o sujeito a dançar, fazendo muitas macaquices, segurando a dama pela mão, pela cintura, pelas espáduas, nuns quase-abraços lascivos, parecendo muito entusiasmado. Toda a gente ria, inclusive o tenente-coronel, que achava uma graça imensa naquele desconhecido a dar-se ao desfrute com sua mulher, cujos encantos, no pensar dele, mais se mostravam naquelas circunstâncias.

– Ora já viram que tipo? Já viram que gaiatice! É mesmo muito engraçado, pois não é? Mas quem será o diacho do homem? E esta de não tirar o chapéu? E parece ter medo de mostrar a cara... Isto é alguma troça do Manduca Alfaiate ou do Lulu Valente! Ora, não é, pois não se está vendo que é o imediato do vapor que chegou hoje! É um moço muito engraçado, apesar de português! Eu outro dia o vi fazer uma em Óbidos que foi de fazer rir as pedras! Agüente, d. Mariquinhas, o seu par é um decidido! Troque para diante, *seu* Rabequinha, não deixe parar a música no melhor da história!

No meio destas e outras exclamações semelhantes, o original cavalheiro saltava, fazia trejeitos sinistros, dava guinchos estúrdios, dançava desordenadamente, agarrado a d. Mariquinhas, que já começava a perder o fôlego e parara de rir. O Rabequinha friccionava com força o instrumento e sacudia nervosamente a cabeça; o Carapanã dobrava-se sobre o violão e calejava os dedos para tirar sons mais fortes, que dominassem a vozeria; o Penaforte, mal contendo o riso, perdera a embocadura e só conseguia tirar da flauta uns estrídulos sons desafinados, que aumentavam o burlesco do episódio; os três músicos, eletrizados pelos aplausos dos circunstantes e mais pela originalidade do caso, faziam um supremo esforço, enchendo o ar de uma confusão de notas agudas, roucas e estridentes, que dilaceravam os ouvidos, irritavam os nervos e aumentavam a excitação cerebral, de que eles mesmos e os convidados estavam possuídos.

As risadas e exclamações ruidosas dos convidados, o tropel dos novos espectadores que chegavam em chusma do interior da casa e da rua, acotovelando-se para ver por sobre a cabeça dos outros; e sonatas discordantes do violão, da rabeca e da flauta, e sobretudo os grunhidos sinistramente burlescos do sujeito de chapéu desabado, abafavam os gemidos surdos da esposa de Bento de Arruda, que começava a desfalecer de cansaço, e parecia já não experimentar prazer algum naquela dança desenfreada que alegrava a tanta gente. Farto de repetir pela sexta vez o motivo da 5.ª parte da quadrilha, o Rabequinha fez aos companheiros um sinal de convenção, e bruscamente a orquestra passou, sem transição, a tocar a dança da moda.

Um bravo geral aplaudiu a melodia cadenciada e monótona da varsoviana, a cujos primeiros compassos correspondeu um viva prolongado. Os pares que ainda dançavam retiraram-se para melhor poder apreciar o engraçado cavalheiro de chapéu desabado, que, estreitando então a dama contra o côncavo peito, rompeu numa valsa vertiginosa, num verdadeiro turbilhão, a ponto de se não distinguirem quase os dois vultos que rodopiavam entrelaçados, espalhando toda a gente e derrubando tudo quanto encontravam. A moça não sentia mais o soalho sob os pés, milhares de luzes ofuscavam-lhe a vista, tudo rodava em torno dela; o seu rosto exprimia uma angústia suprema, em que alguns maliciosos sonharam ver um êxtase de amor.

No meio dessa estupenda valsa, o homem deixa cair o chapéu, e o tenente-coronel, que o seguia assustado para pedir que parasse, viu com horror que o tal sujeito tinha a cabeça furada. E em vez de ser homem era um boto, sim, um grande boto, ou o demônio por ele, mas um senhor boto que afetava, como por maior escárnio, uma vaga semelhança com o Lulu Valente. O monstro arrastando a desgraçada dama pela porta fora, espavorido com o sinal da cruz feito pelo Bento de Arruda, atravessou a rua sempre valsando, ao som da varsoviana, e, chegando à ribanceira do rio, atirou-se lá de cima com a moça imprudente, e com ela se atufou nas águas.

Desde essa vez ninguém quis voltar aos bailes do Judeu.

A QUADRILHA DE JACÓ PATACHO

Eram sete horas dadas, a noite estava escura, e o céu ameaçava chuva.

Terminara a ceia, composta de cebola cozida e pirarucu assado, o velho Salvaterra dera graças a Deus pelos favores recebidos; a *sora* Maria dos Prazeres tomava pontos em umas velhas meias de algodão muito remendadas; a Anica enfiava umas contas destinadas a formar um par de braceletes, e os dois rapazes, espreguiçando-se, conversavam em voz baixa sobre a última caçada. Alumiava as paredes negras da sala uma candeia de azeite, reinava um ar tépido de tranqüilidade e sossego, convidativo do sono. Só se ouviam o murmúrio brando do Tapajós e o ciciar do vento nas folhas das pacoveiras. De repente, a Anica inclinou a linda cabeça, e pôs-se a escutar um ruído surdo que se aproximava lentamente.

— Ouvem? — perguntou.

O pai e os irmãos escutaram também por alguns instantes, mas logo concordaram, com a segurança dos habitantes de lugares ermos:

— É uma canoa que sobe o rio.

— Quem há de ser?

— A estas horas — opinou a *sora* Maria dos Prazeres — não pode ser gente de bem.

— E por que não, mulher? — repreendeu o marido. — Isto é alguém que segue para Irituia.

— Mas quem viaja a estas horas? — insistiu a timorata mulher.

— Vem pedir-nos agasalho — redargüiu. — A chuva não tarda, e esses cristãos hão de querer abrigar-se.

A *sora* Maria continuou a mostrar-se apreensiva. Muito se falava então nas façanhas de Jacó Patacho; nos assassinatos que a miúdo cometia; casos estupendos se contavam de um horror indizível: incêndios de casas depois de pregadas as portas e janelas para que não escapassem à morte os moradores. Enchia as narrativas populares a personalidade do terrível Saraiva, o tenente da quadrilha cujo nome não se pronunciava sem fazer arrepiar as carnes aos pacíficos habitantes do Amazonas. Félix Salvaterra tinha fama de rico e era português, duas qualidades perigosas em tempo de cabanagem. O sítio era muito isolado e grande a audácia dos bandidos. E a mulher tinha lágrimas na voz lembrando estes fatos ao marido.

Mas o ruído do bater dos remos na água cessou, denotando que a canoa abicara ao porto do sítio. Ergueu-se Salvaterra, mas a mulher agarrou-o com ambas as mãos:

– Onde vais, ó Félix?

Os rapazes lançaram vistas cheias de confianças às suas espingardas, penduradas na parede e carregadas com bom chumbo, segundo o hábito de precaução naqueles tempos infelizes; e seguiram o movimento do pai. A Anica, silenciosa, olhava alternativamente para o pai e para os irmãos.

Ouviram-se passos pesados no terreiro, e o cão ladrou fortemente. Salvaterra desprendeu-se dos braços da mulher e abriu a porta. A escuridão da noite não deixava ver coisa alguma, mas uma voz rústica saiu das trevas.

– Boa noite, meu branco.

– Quem está aí? – indagou o português. – Se é de paz, entre com Deus.

Então, dois caboclos apareceram no círculo de luz projetado fora da porta pela candeia de azeite. Trajavam calças e camisa de riscado e traziam na cabeça grande chapéu de palha. O seu aspecto nada oferecia de peculiar e distinto dos habitantes dos sítios do Tapajós.

Tranqüilo, o português afastou-se para dar entrada aos noturnos visitantes. Ofereceu-lhes da sua modesta ceia, perguntou-lhes de onde vinham e para onde iam.

Vinham de Santarém, e iam a Irituia, à casa do tenente Prestes levar uma carga de fazendas e molhados por conta do negociante Joaquim Pinto; tinham largado do sítio de Avintes às quatro horas da tarde, contando amanhecer em Irituia, mas o tempo se transtornara à boca da noite e eles, receando a escuridão e a pouca prática que tinham daquela parte do rio, haviam deliberado parar no sítio de Salvaterra e pedir-lhe agasalho por uma noite. Se a chuva não desse, ou passasse com a saída da lua lá para a meia-noite, continuariam a sua viagem.

Os dois homens falavam serenamente, arrastando as palavras no compasso preguiçoso do caboclo que parece não ter pressa de acabar de dizer. O seu aspecto nada oferecia de extraordinário. Um, alto e magro, tinha a aparência doentia; o outro reforçado, baixo e de cara bexigosa, não era simpático à dona da casa, mas afora o olhar de lascívia torpe que dirigia à Anica, quando julgava que o não viam, parecia a criatura mais inofensiva deste mundo.

Depois que a *sora* Maria mostrou ter perdido os seus receios, e que a Anica serviu aos caboclos os restos da ceia frugal daquela honrada família, Salvaterra disse que eram horas de dormir. O dia seguinte era de trabalhos e convinha levantar cedo para ir em busca da *Pequena* e mais da *Malhada*, duas vacas que lhe haviam desaparecido naquele dia. Então, um dos tapuios, o alto, a quem o companheiro chamava cerimoniosamente – *seu João* –, levantou-se e declarou que iria dormir na canoa, a qual, posto que muito carregada, dava acomodação a uma pessoa, pois era uma galeota grande. Salvaterra e os filhos tentaram dissuadi-lo do projeto, fazendo ver que a noite estava má e que a chuva não tardava, mas o tapuio, apoiado pelo companheiro, insistiu. Nada, que as fazendas não eram dele e *seu* Pinto era um branco muito rusguento, e sabia lá Deus o que podia acontecer, os tempos não andavam bons, havia muito tapuio ladrão aí por esse mundo, acrescentava com um riso alvar, e de mais, ele embirrava com esta história de dormir dentro de uma gaiola. Quanto à chuva, pouco se importava, queria segurança e agasalho para as fazendas, ele tinha o couro duro e um excelente japá na tolda da galeota.

No fundo, quadrava perfeitamente à *sora* Maria a resolução do seu João, não só porque pensava que mais vale um hóspede do que dois, como também por lhe ser difícil acomodar os dois viajantes na sua modesta casinha. Assim, não duvidou aplaudir a lembrança, dizendo ao marido:

– Deixa lá, homem, cada um sabe de si e Deus de todos.

O caboclo abriu a porta e saiu acompanhado pelo cão de guarda, cuja cabeça amimava, convidando-o para lhe fazer companhia, *por via das dúvidas*. A noite continuava escura como breu. Lufadas de um vento quente, prenúncio de tempestade, açoitavam nuvens negras que corriam para o sul como fantasmas em disparada. As árvores da beirada soluçavam, vergadas pelo vento e grossas gotas de água começavam a cair sobre o chão ressequido, de onde subia um cheiro ativo de barro molhado.

– Agasalhe-se bem, patrício – gritou o português ao caboclo que saía. E, fechando a porta com a tranca de pau, veio ter com a família.

Logo depois desejavam boa-noite uns aos outros; o hóspede que deu o nome de Manuel afundou-se numa rede, que lhe armaram na sala, e ainda não havia meia hora que saíra seu João, já a *sora* Maria, o marido e os filhos dormiam o sono reparador das fadigas do dia, acalentado pela calma de uma consciência honesta.

A Anica, depois de rezar à Virgem das Dores, sua padroeira, não pudera fechar os olhos. Impressionara-a muito o desaparecimento da *Pequena* e da *Malhada*, que acreditava filho de um roubo, e sem querer associava na sua mente a esse fato as histórias terríveis que lhe lembrara a mãe pouco antes sobre os crimes diariamente praticados pela quadrilha de Jacó Patacho. Eram donzelas raptadas para saciar as paixões do tapuios; pais de família assassinados barbaramente; crianças atiradas ao rio com uma pedra ao pescoço; herdades incendiadas, um quadro interminável de atrocidades inauditas que lhe dançava diante dos olhos, e parecia reproduzido nas sombras fugitivas projetadas nas paredes de barro escuro do seu quartinho pela luz vacilante da candeia de azeite de mamona.

E por uma singularidade, que a rapariga não sabia explicar, em todos aqueles dramas de sangue e fogo havia uma figura saliente, o chefe, o matador, o incendiário, demônio vivo que tripudiava sobre os cadáveres quentes das vítimas, no meio das chamas dos incêndios, e, produto de um cérebro enfermo, agitado pela vigília, as feições desse monstro eram as do pacífico tapuio que ela ouvia roncar placidamente no fundo da rede na sala vizinha. Mas por maiores esforços que a moça fizesse para apagar da sua imaginação a figura baixa e bexigosa do hóspede, rindo nervosamente da sua loucura, mal fechava os olhos, lá lhe apareciam as cenas de desolação e de morte, no meio das quais progrediam os olhos ardentes, o nariz chato e a boca desdentada do tapuio, cuja figura, entretanto, desenrolava-se inteira na sua mente espavorida, absorvendo-lhe a atenção e resumindo a tragédia feroz que o cérebro imaginava.

Pouco a pouco, procurando provar a si mesma que o hóspede nada tinha de comum com o personagem que sonhara, e que a sua aparência era toda pacífica, de um pobre tapuio honrado e inofensivo, examinando-lhe mentalmente uma a uma as feições, foi-lhe chegando a convicção de que não fora aquela noite a primeira vez que o vira, convicção que se arraigava no seu espírito, à medida que se lhe esclarecia a memória. Sim, era aquele mesmo; não era a primeira vez que via aquele nariz roído de bexigas, aquela boca imunda e servil, a cor azinhavrada, a estatura baixa e vigorosa, sobretudo aquele olhar indigno, desaforado, torpe que a incomodava tanto na sala, queimando-lhe os seios. Já uma vez fora insultada por aquele olhar. Onde? Como? Não podia lembrar-se, mas com certeza não era a primeira vez que o sentia. Invocava as suas reminiscências. No Funchal não podia ser; no sítio também não fora; seria no Pará quando chegara com a mãe, ainda menina, e acomodaram-se em uma casinha da rua das Mercês? Não; era mais recente, muito mais recente. Bem; parecia recordar-se agora. Fora em Santarém, havia coisa de dois anos ou três, quando ali estivera com o pai para assistir a uma festa popular, o *sairé*. Hospedara-se então na casa do negociante Joaquim Pinto, patrício e protetor de seu pai, e foi ali, em uma noite de festa, quando se achava em companhia de outras raparigas sentada à porta da rua, a ver passar a gente que voltava da igreja, que se sentiu atormentada por aquele olhar lascivo e tenaz, a ponto de retirar-se para a cozinha, trêmula e chorosa. Sim, nenhuma dúvida mais podia haver, o homem era um agregado de Joaquim Pinto, um camarada antigo da casa, por sinal que, segundo lhe disseram as mucamas da mulher do Pinto, era de Cametá e se chamava Manoel Saraiva.

Neste ponto de suas reminiscências, a Anica foi assaltada por uma idéia medonha que lhe fez correr um frio glacial pela espinha dorsal, ressecou-lhe a garganta e inundou-lhe de suor a fronte. Saraiva! Mas era este o nome do famigerado tenente de Jacó Patacho, cuja reputação de malvadez chegara aos recônditos sertões do Amazonas, e cuja atroz e brutal lascívia excedia em horror aos cruéis tormentos que o chefe da quadrilha infligia às suas vítimas. Seria aquele tapuio de cara bexigosa e ar pacífico o mesmo salteador da baía do Sol e das águas do Amazonas, o bárbaro violador de virgens indefesas, o bandido, cujo nome mal se pronunciava nos serões das famílias pobres e honradas, tal o medo que incutia? Seria aquele homem de maneiras sossegadas e corteses, de falar arrastado e humilde, o herói dos estupros e dos incêndios, a fera em cujo coração de bronze jamais pudera germinar o sentimento da piedade?

A idéia da identidade do tapuio que dormia na sala vizinha com o tenente de Jacó Patacho gelou-a de terror. Perdeu os movimentos e ficou por algum tempo fria, com a cabeça inclinada para trás, a boca entreaberta e os olhos arregalados, fixos na porta da sala; mas de repente o clarão de um pensamento salvador iluminou-lhe o cérebro; convinha não perder tempo, avisar o pai e os irmãos, dar o grito de alarma, eram todos homens possantes e decididos, tinham boas espingardas; os bandidos eram dois apenas, seriam prevenidos, presos antes de poderem oferecer séria resistência. Em todo o caso, fossem ou não fossem assassinos e ladrões, mais valia estarem os de casa avisados, passarem uma noite em claro do que correrem o risco de serem assassinados a dormir. Saltou da cama, enfiou as saias e correu para a porta, mas a reflexão fê-la estacar, cheia de desânimo. Como prevenir o pai, sem correr a eventualidade de acordar o tapuio? A sala em que este se aboletara interpunha-se entre o seu quarto e o de seus pais, para chegar ao dormitório dos velhos era forçoso passar por baixo da rede do caboclo, que não podia deixar de acordar, principalmente ao ruído dos gonzos enferrujados da porta que, por exceção e natural recato da moça, se fechara aquela noite. E se acordasse seria ela talvez a primeira vítima, sem que o sacrifício pudesse aproveitar à sua família.

Um silvo agudo, imitante do canto do *urutaí*, arrancou-a destas reflexões, e, pondo os ouvidos à escuta, pareceu-lhe que o tapuio da sala vizinha cessara de ressonar. Não havia tempo a perder, se queria salvar os seus. Lembrou-se então de saltar pela janela, rodear a casa e ir bater à janela do quarto do pai. Já ia realizar esse plano, quando cogitou de estar o outro tapuio, o seu João, perto da casa para responder ao sinal do companheiro, e entreabriu com toda precaução a janela, espreitando pelo vão.

A noite estava belíssima.

O vento forte afugentara as nuvens para o sul, e a lua subia lentamente no firmamento, prateando as águas do rio e as clareiras da floresta. A chuva cessara inteiramente, e do chão molhado subia uma evaporação de umidade, que, misturada ao cheiro ativo das laranjeiras em flor, dava aos sentidos uma sensação de odorosa frescura.

A princípio, a rapariga, deslumbrada pelo luar, nada viu, mas, afirmando a vista, percebeu umas sombras que se esgueiravam por entre as árvores do porto, e logo depois distinguiu vultos de tapuios cobertos de grandes chapéus de palha, e armados de terçados, que se dirigiam para a casa.

Eram quinze ou vinte, mas à rapariga louca de susto pareceu uma centena, porque de cada tronco de árvore a sua imaginação fazia um homem.

Não havia que duvidar. Era a quadrilha de Jacó Patacho que assaltava o sítio.

Todo o desespero da situação em que se achava apresentou-se claramente à inteligência da rapariga. Saltar pela janela e fugir, além de impossível, porque a claridade da lua a denunciaria aos bandidos, seria abandonar seus pais e irmãos, cuja existência preciosa seria cortada pelo punhal dos sicários de Patacho durante o sono, e sem que pudessem defender-se ao menos. Ir acordá-los seria entregar-se às mãos do feroz Saraiva e sucumbir aos seus golpes antes de realizar o intento salvador. Que fazer? A donzela ficou algum tempo indecisa, gelada de terror, com o olhar fixo nas árvores do porto, abrigo dos bandidos, mas de súbito, tomando uma resolução heróica, resumindo todas as forças em um supremo esforço, fechou rapidamente a janela e gritou com todo o vigor dos seus pulmões juvenis:

– Aqui d'el-rei! os de Jacó Patacho!

A sua voz nervosa repercutiu como um brado de suprema angústia pela modesta casinha, e o eco foi perder-se dolorosamente, ao longe, na outra margem do rio, dominando o ruído da corrente e os murmúrios noturnos da floresta. Súbito rumor fez-se na casa até então silenciosa, rumor de espanto e de sobressalto em que se denunciava a voz rouca e mal segura de pessoas arrancadas violentamente a um sono pacífico; a rapariga voltou-se para o lado da porta da sala, mas sentiu-se presa por braços de ferro, ao passo que um asqueroso beijo, mordedura de réptil antes do que humana carícia, tapou-lhe a boca. O tapuio bexigoso, Saraiva, sem que a moça o pudesse explicar, entrara sorrateiramente no quarto e se aproximara dela sem ser pressentido.

A indignação do pudor ofendido e a repugnância indizível que se apoderou da moça ao sentir o contato dos lábios e do corpo do bandido determinaram uma resistência que o seu físico delicado parecia não poder admitir. Uma luta incrível se travou entre aquela branca e rosada criatura seminua e o tapuio que a enlaçava com os braços cor de cobre, dobrando-lhe o talhe flexível sob a ameaça de novo contato de sua boca desdentada e negra, e procurando atirá-la ao chão. Mas a rapariga segurara-se ao pescoço do homem com as mãos crispadas pelo esforço espantoso do pudor e do asco, e o tapuio, que julgara fácil a vitória, e tinha as mãos ocupadas em apertar-lhe a cintura em um círculo de ferro, sentiu faltar-lhe o ar, opresso pelos desejos brutais que tanto o afogavam quanto a pressão dos dedos nervosos e afilados da vítima.

Mas se a sensualidade feroz do Saraiva, unida à audácia que lhe inspirara a consciência do terror causado por sua presença, lhe fazia esquecer a prudência que tanto o distinguia antes do ataque, o brado de alarma solto pela rapariga dera aos quadrilheiros de Patacho um momento de indecisão. Ignorando o que se passava na casa, e as circunstâncias em que se achava o tenente-comandante da expedição, cederam a um movimento de reserva, da índole do caboclo, e voltaram a esconder-se por detrás dos troncos das árvores que ensombravam a ribanceira. A moça ia cair exausta de forças, mas teve ainda ânimo para gritar com suprema energia:

– Acudam, acudam, que me matam!

Bruscamente, o Saraiva largou mão da Anica e atirou-se para a janela, naturalmente para abri-la e chamar os companheiros, percebendo que era tempo de agir com resolução, mas a moça, advertindo-se do intento, atravessou-se no caminho, com inaudita coragem, opondo-lhe com o corpo um obstáculo que de fácil remoção seria para o tapuio, se nesse momento, abrindo-se de par em par a porta da sala, não desse entrada a Félix Salvaterra, seguido por seus dois filhos, todos armados de espingardas. Antes que o tenente de Jacó Patacho tivesse podido defender-se, caía banhado em sangue com uma valente pancada no crânio que lhe deu o velho com a coronha da arma.

O português e os filhos mal despertos do sono, com as roupas em desalinho, não se deixaram tomar do susto e da surpresa, expressa em dolorosos gemidos pela *sora* Maria dos Prazeres, que, abraçada à filha, cobria-a de lágrimas quentes. Pai e filhos compreenderam perfeitamente a gravidade da situação em que se achavam; o silêncio e a ausência do cão de guarda, sem dúvida morto à traição, e a audácia do tapuio bexigoso, mais ainda do que o primeiro grito da filha, do qual apenas haviam ouvido ao despertar o nome do terrível pirata paraense, os convenceram de que haviam vencido o último inimigo, e enquanto um dos moços apontava a espingarda ao peito do tapuio que, banhado em sangue, tinha gravados na moça os olhos ardentes de volúpia, Salvaterra e o outro filho voltaram à sala, com o fim de guardar a porta de entrada. Esta porta tinha sido aberta, achava-se apenas cerrada, apesar de havê-la trancado o dono da casa quando despediu o caboclo alto. Foram os dois homens para pôr-lhe novamente a tranca, mas já era tarde.

Seu João, o companheiro de Saraiva, mais afoito do que os outros tapuios, chegara à casa e, percebendo que o seu chefe corria grande perigo, assobiou de um modo peculiar, e, em seguida, voltando-se para os homens que se destacavam das árvores do porto, como visões de febre, emitiu na voz gutural do caboclo o brado que depois se tornou o grito de guerra da *cabanagem*:

– Mata marinheiro! Mata! Mata!

Os bandidos correram e penetraram na casa. Travou-se então uma luta horrível entre aqueles tapuios armados de terçados e de grandes cacetes quinados de *massaranduba*, e os três portugueses que heroicamente defendiam o seu lar, valendo-se das espingardas de caça, que, depois de descarregadas, serviram-lhes de formidáveis maças.

O Saraiva recebeu um tiro à queima-roupa, o primeiro tiro, pois que o rapaz que o ameaçava, sentindo entrarem na sala os tapuios, procurava livrar-se logo do pior deles, ainda que por terra e ferido: mas não foi longo o combate; enquanto mãe e filha, agarradas uma à outra, se lamentavam desesperada e ruidosamente, o pai e os filhos caíam banhados em sangue, e nos seus brancos cadáveres a quadrilha de Jacó Patacho vingava a morte de seu feroz tenente, mutilando-os de um modo selvagem.

* * *

Quando passei com meu tio Antônio, em junho de 1832, pelo sítio de Félix Salvaterra, o lúgubre aspecto da habitação abandonada, sob cuja cumeeira um bando de urubus secava as asas ao sol, chamou-me a atenção; uma curiosidade doentia fez-me saltar em terra e entrei na casa. Ainda estavam bem recentes os vestígios da luta. A tranqüila morada do bom português tinha um ar sinistro. Aberta, despida de todos os modestos trastes que a ornavam outrora, denotava que fora vítima do saque unido ao instinto selvagem da destruição. Sobre o chão úmido da sala principal, os restos de cinco ou seis cadáveres, quase totalmente devorados pelos urubus, enchiam a atmosfera de emanações deletérias. Era medonho de ver-se.

Só muito tempo depois conheci os pormenores desta horrível tragédia, tão comum, aliás, naqueles tempos de desgraça.

A *sora* Maria dos Prazeres e a Anica haviam sido levadas pelos bandidos, depois do saque de sua casa. A Anica tocara em partilha a Jacó Patacho, e, ainda no ano passado, a velha Ana, lavadeira de Santarém, contava, estremecendo de horror, os cruéis tormentos que sofrera em sua atribulada existência.

O REBELDE

I

A primeira vez que o vi foi em Vila Bela, em 1832, já lá vão mais de quarenta anos. Eu não passava de um curumim de onze anos, curioso e vadio, como um bom filho do Amazonas. Paulo da Rocha orçava pelos cinqüenta, parecendo muito mais velho. Pois, apesar dessa enorme desproporção de idades, ligava-nos uma amizade terna, inexplicável para toda a gente.

O velho, ríspido e severo, era extremamente bondoso para comigo. Não sei que ímã oculto me atraía para aquele mulato de cabeça branca, de quem meus pais não gostavam, e que inspirava a quase toda a população da vila uma antipatia mesclada de horror.

Paulo da Rocha era pernambucano e fora um dos rebeldes de 1817, um soldado fiel do capitão Domingos José Martins, o espírito-santense.

Em 1832, os principais habitantes de Vila Bela eram portugueses ou brasileiros do tempo do rei velho, que se não haviam ainda familiarizado com o novo regime e detestavam cordialmente todo e qualquer movimento contra a legalidade estabelecida, mesmo porque o receio das convulsões políticas posteriores à independência, que ainda perduravam, os trazia em contínuos sobressaltos. No terror dos inovadores, associavam toda idéia revolucionária às sangrentas carnificinas que desonravam o solo virgem da nova pátria.

A fértil imaginação amazonense fizera do antigo revolucionário um personagem misterioso, sinistro e perigoso, de cuja alma já estaria de posse o Inimigo, ainda em vida do corpo.

Emprestara-lhe o vulgo uma quantidade enorme de crimes. Diziam as velhas mexeriqueiras, sentadas à soleira da porta por noites de luar, que ao bater da meia-noite via-se vagar pelas ruas a alma do pernambucano, a purgar culpas passadas. As crianças fugiam à presença do velho, e os matutos benziam-se quando o viam passar curvado sob o peso da meditação constante, ou de algum desgosto indefinido, arrimado no seu bastão de massaranduba, com o crânio, a meio despido, exposto aos raios do sol.

Todos se calavam quando ele aparecia. As mães de família faziam aos filhinhos a escusada recomendação de fugir às vizinhanças da casa maldita, em que morava o mulato; ou acalentavam as criancinhas, com umas cantigas ingênuas, em que o *velho do outro mundo* era comparado ao *murucututu* de cima dos telhados, o terrível espantalho dos pequenos mal dormidos.

Todos lhe tinham medo, e talvez por isso atraía-me para ele uma simpatia irresistível. Desde a mais tenra infância, vivi sempre em contradição de sentimentos e de idéias com os que me cercavam: gostava do que os outros não queriam, e tal era a predisposição malsã do meu espírito rebelde e refratário a toda a disciplina que o melhor título de um homem ou de um animal à minha afeição era ser desprezado por todos.

Eu não podia ver um cão leproso, enxotado com asco, que não corresse a dar-lhe metade da merenda que me tocava nas liberalidades da mamãe.

A minha imaginação exaltava-se com a singularidade, ao mesmo tempo que uma curiosidade feminina me impelia a buscar a última palavra em todos os segredos, a razão de ser de todos os mistérios. Gostava do maravilhoso e, com risco de ser devorado pela esfinge, queria decifrar-lhe o enigma. A vista de uma feiticeira enchia-me de gozo. Sentia o desejo ardente de ver um lobisomem, e o canto agoureiro do acauã fazia-me estremecer de susto e de prazer, e, embrulhando-me na rede, punha o ouvido à escuta, tentando descobrir naquelas notas tristes e plangentes a verdade desse encantamento poderoso.

Foi isso mais ou menos o que senti a primeira vez que encontrei no meu caminho o rebelde de 1817, temido e desprezado ao mesmo tempo. Em breve, aquele vago temor, aquela curiosidade dolorosa se transformou em simpatia e respeitosa amizade. Naquele pobre velho, uma voz oculta me indicara um herói das antigas lendas, que a minha avó me contava à luz mortiça da lamparina de azeite de andiroba, um homem como eu sonhava nos meus devaneios infantis.

Tudo no *velho do outro mundo* contribuía para excitar-me a imaginação e avivar o afeto que me inspirava; a grande cabeça calva, o nariz adunco, os olhos vivos, uns olhos de ave de rapina, a boca enorme, ornada de belos dentes, cuja deslumbrante alvura era realçada por um sorriso sério e pensativo, de uma bondade de Cristo; a fala breve e ríspida, de uma rispidez franca, serena e boa; o porte alto e até aquelas rugas severas do rosto cor de cobre; a sua indiferença pelas vicissitudes comezinhas da vida; o nenhum caso que fazia das intrigas da terra; tudo me indicava no pernambucano um personagem ideal e fantástico, como eu imaginava os meus heróis.

Ao passo que o nome de Paulo da Rocha afugentava os meus companheiros espavoridos, todo o meu cuidado era descobrir um novo expediente para visitá-lo sem despertar a desconfiança de minha mãe.

À hora da sesta, meu pai, depois de ter-me feito sentar numa cadeira da sala de visitas, com a Artinha latina nas mãos, retirava-se para seu quarto e momentos depois, coberto de jornais velhos, ressonava. A mamãe andava ainda a dar uns giros pela casa, recomendando silêncio aos moleques e cuidando no café que se havia de servir às seis horas, mas acabava também por se recolher à beatitude da rede, vencida pelo calor e derreada pela monotonia do seu viver caseiro. A habitação ficava silenciosa e triste. As escravas agrupavam-se na cozinha e cochilavam, conversando em voz baixa. Os moleques trepavam às goiabeiras do quintal, fartando-se de frutas. Só de vez em quando um galo invadia a varanda deserta e cortava bruscamente o silêncio, acompanhando com o canto barulhento e alegre as sonoras badaladas do grande relógio de parede, que viera do Reino.

O calor era intenso, o sol brilhava com esplendor ofuscante, fazendo estalar os telhados. A vila parecia toda entregue ao repouso pós-meridiano da sesta costumeira. Descalço, pé ante pé, eu atravessava a casa e me esgueirava pelo portão do quintal.

Mal me sentia ao abrigo das vistas fiscais da criadagem, deitava a correr pelo caminho do cemitério até chegar à casinha de Paulo da Rocha, escondida entre laranjeiras copadas. Lá estava ele sempre, a essas horas do dia, sentado num banco de cedro, encostado a uma mesa tosca e mergulhado na leitura de algum livro velho, roído de traças.

Conversávamos sobre o tempo antigo, ou líamos as histórias extraordinárias que haviam sucedido em Pernambuco, e que ele se gabava de ter presenciado. Gostava de excitar-me a imaginação infantil com a narração desses feitos gloriosos que me faziam estremecer de alegria e seguir com os olhos acesos e as faces ardentes de entusiasmo as palavras e gestos do velho, transfigurado pelas reminiscências do passado.

Ah! se o tivessem visto e ouvido assim os habitantes de Vila Bela!

II

O Rocha era viúvo e tinha uma única filha, rapariguinha gentil de dezesseis a dezessete anos, pensativa e séria como o pai. A vida que passava em Vila Bela a pobre mocinha abafara os impulsos da jovialidade natural. Desprezada de todos, vivendo isolada, entregue unicamente aos cuidados de um pai velho e triste, a interessante Júlia conhecera desde os mais tenros anos a desgraça, e parecia resignada à sua infeliz sorte.

Aquele velho e aquela menina compreendiam-se perfeitamente. Ele nunca tinha um movimento de mau humor, um gesto de descontentamento. Ela não parecia sofrer um desgosto. Serena, silenciosa, atenta ao menor desejo do pai para preveni-lo e contentá-lo, parecia que a sua vida dependia da vontade daquele homem, severo e ríspido para toda a gente, bondoso e paternal no interior do seu modesto habitáculo. A mocinha conhecia-lhe todos os gestos e as mais insignificantes predileções. Parecia adivinhar quando o pai gostaria de estar só, entregue aos seus pensamentos, ou quando sentiria prazer em ouvir as modinhas da terra natal, do *seu Pernambuco*, tão cheio de poesia e de tradições gloriosas, modinhas que em pequena lhe ensinara para suavizar as agruras do exílio e a saudade intensa dos tempos da mocidade.

Às vezes era Júlia quem nos fazia a leitura, sentada ao pé da mesa de jantar, com o livro na mão, repetindo em voz suave, repassada de doçura, aquelas histórias de batalhas e mortes, já muito nossas conhecidas.

O velho, com o queixo apoiado nas mãos, que repousavam sobre o bastão de massaranduba, seguia atentamente o movimento labial da jovem, como se ouvisse alguma coisa ignorada. Quanto a mim, a minha atenção repartia-se entre o velho, a história e a menina, mas com parcialidade pela menina.

Como eram agradáveis esses momentos de suave intimidade, e como duravam pouco!

Era com o maior pesar que eu lobrigava ao longe, aproximando-se receosa, a crioula, que vinha bondosamente avisar-me de que a *senhora já estava acordada*. Muitas vezes, ao chegar à casa paterna, sofria correção merecida pela desobediência e pelo desapego à Artinha; mas não era pelo castigo que eu me recolhia triste e cabisbaixo ao quarto de dormir: era porque no silêncio do aposento, apenas cortado pelo rangido das cordas da rede nas escápulas de madeira, parecia-me ter diante dos olhos o grupo encantador do velho e da menina, e ouvir a voz de Júlia, lendo as proclamações incendiárias dos rebeldes pernambucanos!

Paulo e a filha viviam pobremente, concentrados e tranqüilos naquela casinha pitoresca, cujos arredores floridos e desertos inspiravam uma doce melancolia.

Eram muito pobres para ter escravos, ou não os queriam, e criados livres não encontrariam numa terra onde só o nome do *velho do outro mundo* causava horror e medo. Mas Júlia era excelente dona de casa. Era admirável de previdência, de asseio e de economia, e as únicas pessoas que tinham ingresso na humilde habitação, o padre vigário e eu, reconheciam essas virtudes caseiras, tão raras entre as mulheres do povo.

Por uma singularidade, o vigário era entusiasta do pernambucano. Apesar dos conselhos e advertências dos amigos e dos murmúrios das velhas rabugentas, padre João, João da Costa do Amaral se chamava ele, freqüentava a casa de Paulo da Rocha, passava largas horas a conversar com ele e levara mesmo a despreocupação da feitiçaria ao ponto de fazê-lo sacristão e sineiro da matriz, com grande escândalo das almas piedosas e rebuliço do beatério.

O hábito e a vara não lograram para padre João da Costa a desculpa de tão estranha predileção, e os mais benévolos avançavam que se deixara enfeitiçar pelo danado pernambucano, e falavam em representar ao senhor bispo contra a situação anômala da paróquia.

Mas, sem embargo dos falatórios, continuava Paulo da Rocha a ser o sineiro da matriz e a desempenhar os deveres do cargo com exatidão e escrúpulo, não dando ocasião às fáceis censuras dos desafetos.

Ao amanhecer do dia, quando se abriam as portas uma a uma, e só se viam na rua raros tapuios sonolentos, caminhando pesadamente para o serviço, Paulo saía de casa e atravessava a vila em direção à igreja.

Era ele que dava o sinal da missa matutina e preparava o templo. Enfiava depois a velha opa, pingada de cera amarela, e punha-se à espera do vigário que não tardava em chegar, saudando os transeuntes com um sorriso afável.

Pouco a pouco se foram rarefazendo os devotos da missa da manhã, graças à presença do velho rebelde, mas padre João não parecia dar o cavaco e continuava a oficiar regularmente, tendo muitas vezes o sacristão por único ouvinte.

Água mole em pedra dura tanto dá até que fura, dizia padre João com o seu sorriso amável e teimoso, mostrando os belos dentes de brilhante esmalte. Afinal, foi-se o povo de Vila Bela acostumando à presença de Paulo da Rocha, suportado com uma calamidade inevitável. Padre João da Costa era o beijinho dos vigários, alto, gordo, alentado, de cores sadias e de sorriso afável, de cabelos da cor da noite e de tez da cor do leite, de caráter bondoso e modos francos. O seu único defeito, diziam as beatas, era a inexplicável afeição que dedicava ao mulato excomungado. Alguma coisa se lhe havia de desculpar, enfim. Não que se resolvessem a assistir à missa da madrugada, mas com o auxílio do tempo, o grande regularizador das situações embrulhadas, Paulo da Rocha foi-se sentindo mais à larga naquela sociedade ferrenha, estúpida e despótica... a sociedade de 1832.

O que mais contribuiu para um tal melhoramento na situação do *velho do outro mundo* foi a diversão feita no espírito público à primeira notícia da aproximação da *cabanagem*, que assolava o Pará, e que ameaçava a comarca da Barra do Rio Negro, hoje província do Alto Amazonas, de que fazia parte a paróquia de Vila Bela.

III

Muitos boatos contraditórios circulavam. O pânico era enorme.

Ora dizia-se que os cabanos vinham tomar de assalto a vila e queimar vivos os habitantes, ora que haviam sido completamente batidos pelas tropas legais, antes de descerem a Santarém.

Não se falava senão na cabanagem, e o pobre velho, rebelde de 1817, era esquecido pelos rebeldes do tempo. Todos os dias tapuios desertavam do serviço dos patrões e fugiam em alguma canoa furtada, descendo o rio para se irem encontrar com os *brasileiros*.

A vila ia ficando deserta, à medida que os terríveis inimigos dos portugueses e dos maçons se aproximavam de Óbidos. Os cacaualistas retiravam-se para os sítios. Aqueles que tinham alfaias ou dinheiro tratavam de escondê-los, enterrando-os. A desconfiança era geral, o pai não se fiava no filho, o irmão não confiava os segredos ao irmão.

Terrível efeito da guerra fratricida!

Só na casinha de Paulo da Rocha, entre as laranjeiras em flor, a vida era serena e inalterável como antes. Parecia que não sabiam de coisa alguma, que a atmosfera não lhes dava sinal de tormenta. O Rocha continuava a fazer o serviço na deserta matriz, e Júlia a cuidar dos arranjos da casa, com aquela doce melancolia que tanto me oprimia o coração.

Uma tarde, em que eu lograra escapar mais uma vez à vigilância de minha mãe, corri à casa do pernambucano a dar-lhe conta da resolução que tomara meu pai de enviar-me, de companhia com dois macacos e algumas libras de guaraná, ao reitor do seminário de Belém para que me aperfeiçoasse na língua de Virgílio e me comesse as unhas com bolos, sem que, era dogma, ninguém chegava a ser gente na nossa terra.

O sol já se começava a esconder por trás dos matos da outra banda. Os últimos raios, enfiando pela porta aberta até à sala de jantar da modesta casinha do sineiro, punham em relevo o grupo costumeiro do velho e da menina, sentados lado a lado, calados e pensativos.

Mal começara eu a contar a desgraça que em breve me ia arrancar à bela vida da aldeia e à amizade de seres tão queridos, quando um vulto elevado, esbatido pela claridade do sol morrente, enquadrou-se na porta da entrada. Era padre João da Costa, tendo no semblante uma preocupação que lhe não era habitual.

Padre João foi entrando sem saudar a ninguém e, abeirando-se do pernambucano, disse em voz breve:

– Os rebeldes acabam de entrar em Óbidos.

Paulo da Rocha não se mexeu. No seu rosto cor de cobre não passou sequer a sombra de uma emoção. Disse, depois de uma pausa, esboçando um sorriso:

– E então?

– E então? – tornou o vigário descrevendo com a ponta da bengala uns arabescos no chão. – E então? É que os habitantes de Óbidos fiaram-se nas promessas que os cabanos lhes fizeram e caíram na tolice de lhes abrir as portas. De que lhes serviu terem cercado toda a cidade de estacas embarreadas? Entregaram-se como carneiros ao morticínio. É o que conta o José Cavalheiro que acaba de chegar. Toda a vila está assustada. Não pára ninguém em casa; está toda a gente reunida na matriz, apesar de que a arraia-miúda ainda desconhece a gravidade das circunstâncias. Que se há de fazer? Se em Óbidos, onde todos estavam prevenidos, não se pôde resistir, que faremos nós aqui?

– Descansar em Deus Nosso Senhor – murmurou Paulo da Rocha em voz grave.

– Sem dúvida – retorquiu padre João, com ligeira impaciência. – Mas Deus disse: ajuda-te que te ajudarei. Não podemos ficar de braços cruzados, à mercê da Providência. Receio mais por Vila Bela do que por outra qualquer povoação do Pará. A resistência aqui é impossível. E por desgraça ou castigo deste povo, deu-lhe Deus um pároco cuja condição lhe pode agravar os males. Sabem os cabanos que sou português, posto houvesse adotado de coração a nova pátria, mas não o compreendem os caboclos, e, por isso, se aqui entram, está tudo perdido. De que me vale ser ministro do altar? Para esses fanáticos sanguinários, a minha antiga nacionalidade é crime que tudo faz esquecer!

– Oh! – continuou ele, depois de uma pausa, e como receando que fossem mal interpretadas as suas palavras. – Deus me é testemunha de que não temo por mim, mas por estes povos infelizes, que serão vítima da minha involuntária culpa.

E padre João da Costa, deixando escapar um suspiro, abaixou tristemente a cabeça, profundamente absorvido. Uma ruga vertical dava-lhe à fisionomia uma aparência severa, que desmentia a sua bonomia habitual.

Paulo da Rocha não dizia palavra. Júlia parecia distraída, seguindo com os olhos o vôo de uma grande mosca azul. Quanto a mim, vagamente temeroso, ouvia, com os dois ouvidos, sentindo a gravidade da cena.

Depois de longa pausa, padre João ergueu vivamente a cabeça e disse:

– Mestre Paulo, só você nos pode salvar.

O velho franziu os sobrolhos, muito admirado.

– Eu, senhor vigário? E como?

– Não o sei, meu amigo, mas sou homem de pressentimentos. Cá dentro diz-me uma coisa que você nos pode salvar.

Refletiu mais algum tempo e acrescentou:

– Tenho uma idéia. Você, pelos seus antecedentes, é em toda esta povoação o único homem capaz de inspirar confiança aos cabanos...

– E quem me assegura a confiança dos brancos? – interrompeu bruscamente o pernambucano, como se lhe tivessem tocado com a mão numa ferida oculta.

E a sua voz tinha uma indizível amargura.

Padre João coçou a cabeça, levantando de leve o solidéu. Depois injungiu com convicção:

– Você há de fazer jus à confiança de todos estes povos, como já tem a minha. No fim de contas, esta gente é boa e há de reformar o conceito em que o tem, principalmente quando o vir, já velho e cansado, pôr-se à nossa frente para bater os cabanos...

– Bater os cabanos! – irrompeu Paulo da Rocha com uma violência que me aterrou.

E, erguendo-se de um jato, cravou a vista brilhante nos olhos do padre, dizendo:

– E quem assegura a Vossa Reverendíssima que eu não sou cabano?

Padre João deixou cair a bengala, num insofrido movimento de horror. Júlia olhou admirada para o pai, como se o estivesse estranhando. Eu mal me pude ter de pé, tanto me tremiam as pernas, ouvindo aquela pergunta que me parecia uma revelação terrível. Uma angústia apoderou-se de mim. Tive ímpetos de fugir àquela casa que abrigava um tão monstruoso celerado, mas o terror me tolhia os movimentos. Cabano, Paulo da Rocha, cabano o *velho do outro mundo*! O meu amigo pernambucano pertencia àquela corja de bandidos que jurara a morte de meu pai e de todos os portugueses do Pará!

O mulato não pareceu dar pela impressão que me causaram as suas afrontosas palavras. Ereto, apoiando-se com um punho fechado sobre a mesa, e com o corpo meio voltado para o sacerdote, continuou com a voz presa na garganta:

– Bater os cabanos! Uns pobres diabos que a miséria levou à rebelião! Uns pobres homens cansados de viver sob o despotismo duro e cruel de uma raça desapiedada! Uns desgraçados que não sabem ler e que não têm pão... e cuja culpa é só terem sido despojados de todos os bens e de todos os direitos. E quem disse ao senhor padre João que eu, Paulo da Rocha, o desprezado de todos em Vila Bela, seria capaz de pegar em armas contra os cabanos? Senhor vigário, eu só lavei as mãos em sangue dos inimigos da minha pátria, dos algozes da minha raça, vilipendiada e opressa. Eles eram fortes e poderosos. Nós, os rebeldes de 1817, tínhamos só do nosso lado a justiça da grande causa que defenderíamos, causa da humanidade, causa do futuro!

Parou, de súbito, no meio de um grande silêncio. Continuou depois em voz impregnada de comoção íntima, evocando recordações que lhe faziam suceder no rosto mil sentimentos diversos:

– Foi no mês de maio, exatamente como agora. Nós saíamos do Recife com Domingos Martins ao encontro do general português e feriu-se então o combate que decidiu da sorte da generosa rebelião. Talvez triunfasse esta, se se não tivessem voltado contra nós os nossos próprios irmãos, aqueles por quem combatíamos. Os homens de 1817, que proclamavam a igualdade das raças e queriam a liberdade do negro e a reabilitação do caboclo, foram batidos pelos pardos do Penedo e pelos índios da Atalaia, as vítimas da pretensa desigualdade! O nosso chefe foi preso, para mais tarde expiar ante as baionetas ao serviço d'El-Rei o crime de ser homem e de ser brasileiro. Eu fugi. Depois que me mataram a mulher, a minha pobre Margarida, que nenhuma culpa tinha do que eu fizera... mas que valia a vida da mulher de um mulato, mulata também? Mataram-na de susto; de fome e de maus-tratos. Fugi. Não por medo da morte, que o meu desejo era acabar na forca, como o valente Domingos Teotônio Jorge, ou varado por uma bala como tantos companheiros. Mas tive medo de ser surrado às grades da cadeia, como se fazia aos homens de cor, embora livres. Demais, tinha nos braços uma inocentezinha, e foi também por amor dela que fugi.

– Desde então – concluiu mudando de tom e erguendo levemente a voz – sou pelos fracos contra os fortes, pelos oprimidos contra os opressores. A causa dos infelizes é a minha causa, padre João da Costa.

Os raios do sol cadente, penetrando na humilde habitação, vinham ferir em cheio o crânio seminu do pernambucano, que, alto, ereto, agigantado e estranho, parecia outro homem, sem rugas no rosto, sem cansaço na voz, sem a habitual tristeza na fisionomia.

Depois de uma pausa, no meio do glacial silêncio que nos tolhia a todos, o mulato tornou pausado, grave, dando a cada uma das suas palavras uma força de verdade que se impõe:

– Não sou nenhum fazendeiro rico ou regatão afreguesado para me arrecear dos cabanos. Sou pobre como eles e desprezado como eles foram, quando tinham a atitude humilde dos que obedecem. Por que então hei de tomar a defesa dos outros contra eles? Não terá porventura o governo forças bastantes para combatê-los, e precisará ainda que o auxiliem pardos do Penedo ou índios da Atalaia? Onde estão a soberba e a superioridade dos brancos?

Paulo, relanceando o olhar pela sala, como para pedir resposta à sua intimativa, e vendo-nos mudos, atônitos e receosos, acalmou-se subitamente, como se a exaltação momentânea o tivesse prostrado e o arrependimento o pungisse; deixou-se cair sobre o banco de que se levantara, proferindo em voz alquebrada:

– Senhor padre João, estou longe de aprovar os morticínios que têm feito os *brasileiros* por toda a parte. Fazem mal, são muito culpados perante Deus e a pátria. Mas estou velho, cansado, tenho uma filha solteira, e não posso... nem quero merecer a confiança dos brancos de Vila Bela.

IV

Desde então as minhas relações com o velho do outro mundo sofreram uma modificação considerável. Comecei por minha vez a ter-lhe medo.

Não podia compreender a sinceridade com que aquele mulato falava em igualdade de raças, em tirania e crueldade dos brancos, coisas que naquele tempo me pareciam de um absurdo inconcebível.

Apesar da simpatia que sentia pelo velho, as suas idéias, os seus sentimentos contrariavam por tal forma os preconceitos da minha educação, que eu me sentia indignado pela amizade que, apesar de tudo, lhe dedicava. Envergonhava-me a admiração respeitosa que lhe votava.

Hesitava em atribuir as suas palavras ao atrevimento de negro forro. Pareciam-me antes devidas ao influxo diabólico ou à caducidade da razão. Como se poderia admitir que falasse um homem de cor aquela linguagem ousada e independente? Os sofrimentos que aturara não justificariam o desrespeito às classes ricas e às instituições do país, pois não passavam de um castigo severo, mas merecido, da sua rebelião.

Naquele tempo, nada causava mais horror à gente branca do que a cabanagem que começava a lançar as garras sangrentas sobre as duas margens do Amazonas. Inimigos encarniçados dos portugueses e dos maçons, os cabanos levavam a todas as povoações o morticínio e o roubo, não respeitando velhos, crianças nem mulheres.

Os viajantes que passavam por Vila Bela narravam a meia voz as façanhas desses fanáticos caboclos, vítimas de uma dupla alucinação religiosa e patriótica, e o faziam com tal exagero que infundiam terror aos mais destemidos. Diziam de homens queimados vivos, de mulheres violadas e esfoladas e do terrível correio, suplício que inventara a feroz imaginação de um chefe. Consistia em amarrar solidamente os pés e as mãos da vítima e embarcá-la assim em uma canoa que, entregue à correnteza do rio, abria água com poucos minutos de viagem. Era o suplício preferido pelos brandos, pelos que não queriam derramar sangue, e mais usado com os que militavam por qualquer forma em favor da legalidade.

Eu acreditava, como os demais, naquelas histórias medonhas, e a idéia de que Paulo da Rocha podia bem ser um cabano oculto arraigou-se no espírito e aumentou a desconfiança que os seus sentimentos de igualdade humana haviam despertado.

Além disso, toda a gente da terra sabia do juramento feito pelos cabanos em Vila Franca de queimar a casa de Guilherme da Silveira, o *marinheiro*, como chamavam o meu pai. Ele era português de nascimento e exercera o cargo de juiz de paz em Óbidos e em Santarém, onde desenvolvera grande atividade contra os movimentos populares, no que nada mais fazia do que cumprir o seu dever, porque era homem de rija têmpera, severo executor da lei, e tendo em muita conta o princípio de autoridade. Apesar de se haver recolhido à vida privada, mudando de residência, meu pai continuava a ser objeto de um rancor imperecível, principalmente da parte de um tal Matias Paxiúba, tapuio viciado e feroz, que lhe não perdoava alguns meses de cadeia que sofrera por ordem do juiz de paz. É verdade que Matias o acusava de lhe ter mandado infligir umas chicotadas às grades da cadeia, mas tal fato nunca se provou, e por minha parte o digo que se meu pai se deixou levar a tal extremo, certamente o Paxiúba o mereceu.

O certo é que o branco e o caboclo se haviam jurado um ódio eterno. Naqueles tempos de fortes paixões, em que todos os sentimentos tinham uma possança e uma pureza extremas, ódios arraigados e entranháveis eram comuns. Matias Paxiúba, o *brasileiro*, e Guilherme da Silveira, o *marinheiro*, tinham-se sempre encontrado inimigos – desde a primeira vez que se viram, parecia que todo o ódio das duas raças, a conquistadora e a indígena, se tinha personificado naqueles dois homens, cujos nomes eram o grito de guerra de cada um dos partidos adversos.

Meu pai representava a civilização, a ordem, a luz, a abastança. Matias Paxiúba era a ignorância, a superstição, o fanatismo, a rebelião do pobre contra o rico, o longo sofrimento da plebe sempre esmagada e sempre insubmissa. Era como um protesto ambulante contra a civilização egoística e interesseira dos brancos, a miséria popular com todo o seu cortejo de vícios hediondos e de crimes heróicos.

Sabendo que meu pai e toda a família estavam indigitados para primeiras vítimas da cabanagem, logo que ela chegasse a Vila Bela, eu, bem a meu pesar, receava fosse o pernambucano quem denunciasse aos rebeldes o nosso asilo.

Paulo modificara as suas maneiras na minha presença, já me não tratava com a bondade a que me costumara. Olhava-me com desconfiança, parecendo arrependido da rude franqueza que tivera com padre João da Costa à face do filho do juiz de paz. Também com a filha o pernambucano já não era o mesmo. Mostrava-lhe uma severidade desusada, ao que pude perceber uma manhã, em que, não me atrevendo a entrar, espiara pela cerca do quintal o interior do pobre habitáculo do *velho do outro mundo*.

Vila Bela, então ainda Vila Nova de Rainha, estava muito longe de ser naqueles calamitosos tempos o que foi depois e é hoje. Duas ou três dúzias de casas de palha e três ou quatro de telha, pequenas, feias e negras, formavam toda a povoação. Não tendo meios de defesa nem recurso algum de armas e munições, não poderia resistir ainda que pouco tempo a uma invasão mesmo de inimigos fracos. Pode-se, pois, facilmente, imaginar o pânico da minguada população ao receber a notícia da entrada dos cabanos em Óbidos.

As pessoas mais gradas da vila, o tenente-coronel, o juiz de paz, o presidente da Câmara Municipal e meu pai reuniram-se em casa do vigário e, com a fronte banhada em suor frio e os lábios secos, forcejavam por se entenderem sobre meios de salvação.

Algumas mulheres, sentadas à soleira da porta, com os filhinhos ao colo, pareciam resignadas à sorte que lhes coubesse na partilha de males, e tinham um ar sombrio e triste. Todas as casas estavam fechadas, a vila toda em silêncio.

No porto, muitas pessoas preparavam canoas e, reunindo tudo que podiam levar consigo, cuidavam de seguir viagem em busca de um asilo seguro. Uns queriam subir o rio em direção determinada, outros pretendiam internar-se por igarapés e furos, tentando achar no desconhecido do sertão um refúgio contra os caboclos da cabanagem.

Ao anoitecer, nenhuma luz se via na povoação, que parecia morta. Os cães, como se compreendessem a gravidade das circunstâncias, calavam-se tristonhos.

Na casa do vigário, todos os pareceres eram pela fuga imediata. Só padre João da Costa parecia hesitar. O juiz de paz propusera uma retirada em massa para a freguesia do Andirá, onde se poderiam fortificar, esperando socorros do Pará. O tenente-coronel achou que isso era uma asneira, que o Andirá não oferecia melhores meios de resistência do que Vila Nova, e quanto a socorros do Pará, melhor era esperar pelo Rei Velho, pois que os cabanos já se haviam precavido e não deixariam passar as forças legais. A opinião de meu pai era que fugisse cada qual para seu lado; a fim de distrair a atenção dos *brasileiros*. Não se chegava a um acordo, ninguém se entendia. Todos estavam com o ouvido à escuta, como se já se fizesse ouvir o rumor dos remos dos cabanos.

A ansiedade era enorme.

Eram dez horas quando se separaram, e tomou cada qual o caminho de sua casa, com o passo incerto e o coração agitado, no meio da escuridão da noite.

Ao despedi-los, dissera-lhes padre João, sorrindo, para mostrar coragem:

– Estejam descansados que ainda não há de ser para esta noite. Os cabanos muito têm que fazer em Óbidos, não nos visitarão senão para a semana.

– Permita Nossa Senhora do Carmo, nossa Padroeira, que Vossa Reverendíssima tenha razão, murmurou o juiz de paz.

E um sorriso vagueou nos lábios daqueles homens, iluminando-lhes a fisionomia com um raio de esperança. Esperança falaz que devia ser desmentida naquela noite inolvidável!

Ao entrarmos em casa, meu pai e eu, vimos um homem sentado à nossa porta. Era Paulo da Rocha que se ergueu à nossa chegada, saudounos e retirou-se a passos lentos. Meu pai entrou com o coração apertado, anunciando-lhe uma desgraça. Para ele a saudação do *velho do outro mundo* era um presságio funesto. Nunca o pernambucano lhe fizera um cumprimento, e meu pai costumava desviar os olhos, quando o via, murmurando:

– Maldito!

Aquela saudação não habitual e o fato de encontrar o velho sentado à porta fê-lo cismar tristemente. Ouvi que dizia à minha mãe:

– Mariquinhas, mande acender as velas do oratório. Achei a desgraça à minha porta.

V

Eram mais de onze horas quando nos recolhemos aos quartos. Cansado das emoções do dia, adormeci em breve, deixando meus pais ainda prostrados ante uma N. S. das Dores, a jóia do nosso oratório.

Já me achava imerso nesse feliz sono da meninice que não tem temores nem remorsos, quando me despertou um grande barulho de vozes e de passos, de portas abertas e fechadas com violência, ouvi uns gritos de socorro que me puseram a tremer, frio, sem movimento.

O meu quarto estava às escuras contra o costume. Pálido, com os olhos abertos, e com os cabelos em pé, pus o ouvido à escuta, mas nada percebi de estranho. De repente, porém, dentro de casa e quase à porta do meu quarto, ouvi um brado horrível de desespero e ânsia de morte, que me penetrou até o fundo da alma, e no qual reconheci a voz de minha mãe, deixando-me estúpido de medo:

— Os cabanos!

E logo, da rua, a voz de Guilherme da Silveira, cheio de pavor:

— Aqui del-Rei! Os cabanos!

Depois, latidos de cães, ruídos de armas, de vozes e de passos; depois, um silêncio, interrompido por longínquos gritos de morte.

Impelido pelo medo do isolamento em que me achava, saltei da rede, atirei-me ao corredor escuro, e pus-me a correr pela casa toda, num desespero. A nossa habitação parecia deserta, e era iluminada apenas pela claridade de uma límpida madrugada, que penetrava pelas portas e janelas escancaradas. Ao que pude perceber, reinava grande desordem nos móveis. Triste e sombria era aquela casa, assim aberta e abandonada, em que tudo parecia atestar irremediável desgraça!

Fui sentar-me em um banco da varanda, e, não sabendo que fizesse, desatei a chorar. Que pranto amargo! O primeiro pranto que uma dor sincera e a consciência da desgraça me fizeram verter! Via-me só, abandonado, esquecido por meus pais fugidos provavelmente à sanha dos rebeldes. Que fazer? Para onde fugir também? O horroroso isolamento esmagava-me, tirava-me a luz do espírito. Meu pai, no apuro da própria salvação, nem sequer pensara no filho que incauto dormia. Minha mãe, porém, como pudera cuidar da vida, sem se lembrar de mim? Que triste situação, e que futuro me aguardava?! O de ser queimado vivo pelos brutos cabanos, ou, na melhor hipótese, de servir de criado às suas horrendas mulheres, ébrias de independência e de cachaça! Eu, o filho único de Guilherme da Silveira, não poderia lisonjear-me de melhor destino, principalmente se viessem os invasores de Vila Bela comandados pelo terrível Matias Paxiúba, o *brasileiro*, o inimigo pessoal de meu pai, o caboclo de sangrenta memória.

Estive por muito tempo abatido sob o peso da infelicidade que caía sobre mim. Tirou-me da prostração a rude voz do sineiro da Matriz. Paulo da Rocha acendeu um fósforo e, aproximando-se de mim, perguntou:

– Quem é que chora aí?

Tentei fugir à vista odiosa do pernambucano, mas ele, percebendo o meu movimento, abeirou-se de mim e, tocando-me no ombro, interrogou:

– É você, Luís? Então, tem medo de mim?

No meio da escuridão em que de novo caíramos pela extinção da luz do fósforo, respondi cheio de medo, banhado em pranto:

– Sim, você matou meu pai.

O velho esteve calado algum tempo, como se lhe doesse a injúria, e depois retorquiu com voz pausada e grave:

– Deus há de permitir, pobre menino, que ele se livre são e salvo das mãos dos *brasileiros* que o procuram por toda a parte. Entraram aqui na esperança de o encontrar, mas o senhor Silveira havia saído ao primeiro rebate para entender-se com os amigos. Na ocasião em que os *brasileiros* se aproximavam do teu quarto, vieram dizer-lhes que o senhor Silveira se achava prestes a embarcar no porto de cima. Correram-lhe logo ao encalce, cegos pelo furor, porque cada um quer antes dos outros ferir o *marinheiro*, como eles dizem. Tua mãe pôde então salvar-se pela janela. Lá estava eu, na rua, carreguei-a nestes braços e fui deixá-la em lugar seguro. Voltei a buscar-te, certo de que ainda aqui estarias. Quanto ao senhor Silveira, espero em Deus que terá tido tempo de atravessar o rio.

A meu pesar o antigo ascendente que sobre mim exercia o pernambucano foi-se apoderando de novo do meu espírito. Comecei a ter confiança. Com voz segura e tranqüila, narrei o que ouvira e disse o que pensava: a busca dos cabanos em toda a casa, com exceção do meu pequeno quarto, que milagrosamente escapara às suas pesquisas; a luta com os escravos fiéis e a retirada dos cabanos, crentes de que meu pai fugira com toda a família.

Paulo nada contestou, mas pôs-se a afagar-me docemente com a mão grande e calosa e a murmurar umas vozes repassadas de ternura.

Nisto ouvimos ruídos de passos na sapata da rua, e logo fechou-se com estrondo a porta exterior da casa. Em seguida, um homem, muito agitado, aproximou-se do banco em que nos havíamos sentado. Paulo riscou um fósforo, e, acendendo um rolo de cera, levou-o ao rosto do noturno visitante.

À luz do morrão, vimos o rosto horrivelmente pálido de meu pai, as suas roupas em desalinho e, na cara, no pescoço e nas mãos, pequenas escoriações que brilhavam como rubins. Ao reconhecer o pernambucano, meu pai recuou espavorido e alçou um terçado que trazia. Dos seus lábios contraídos pela raiva, uma exclamação injuriosa pulou de chofre.

O mulato, porém, depôs tranqüilamente o rolo de cera sobre a mesa de jantar e caminhou para meu pai sorrindo:

– Senhor Silveira – disse ele, – é tempo de fugir.

E como se o velho mulato adivinhasse, ouvimos grandes pancadas na porta da rua, e um confuso esvozear de gente.

– Senhor Silveira – tornou Paulo da Rocha, – d. Mariquinhas está em segurança; eu me encarrego do pequeno. Não se admire de ouvir-me falar assim, mais tarde poderá julgar-me, o que urge é fugir com presteza. Não ouve como estão enfurecidos os cabanos?

Redobravam as pancadas na porta. Ouvimos distintamente o grito de guerra da cabanagem:

– Mata marinheiro, mata, mata!

Meu pai deixou cair o terçado e, sentando-se no banco, meteu o rosto entre as mãos e soltou um doloroso suspiro.

Fora, recrudescia a grita, e as folhas da porta estremeciam nos gonzos.

– Mata marinheiro, mata, mata!

Como esclarecido subitamente por uma idéia, Paulo correu à sala de visitas, e, com uma agilidade de que o julgava incapaz, fechou as janelas. Depois, voltou sereno e tranqüilo para junto de nós.

– Senhor Guilherme da Silveira, o tempo urge. Venha comigo, eu o salvarei.

Mas meu pai não o ouvia, parecia alheio ao que se passava.

A porta da rua agitava-se, sacudida por forças possantes e o rumor das vozes aumentava num crescendo de raiva. Era uma algazarra infernal, um misto de gritos de animais e de vozes humanas que causava horror. Dominando esse tumulto, ressoou uma voz alta e rude, que me penetrou até a medula, quando lhe ouvi estas cruéis palavras:

– Vamos, rapazes, é preciso dar cabo desta raça de pés de chumbo. Cerquem a casa, não deixem escapar pessoa alguma desta família de cobras. Ele está aqui, não pôde embarcar na montaria e voltou para a cova. Peguem, agarrem, enforquem o juiz de paz!

Ao ouvir essa voz, meu pai ergueu-se bruscamente, como impelido por oculta mola. Seu rosto transfigurado tinha a perfeita expressão da raiva. As suas feições, contraídas por um furor indescritível, tomaram a ferocidade da onça que defende a cria. Com as mãos crispadas nervosamente, com os dentes cerrados e os olhos em fogo a despejarem o ódio intenso que lhe inundava a alma, meu pai exclamou num tom estranho, inenarrável:

– O brasileiro! O brasileiro!

Meu pai, armado do terçado, encaminhou-se para a porta, disposto a vender cara a vida. Ao chegar, porém, ao corredor, lembrou-se de mim, e o furor diminuiu-lhe, como por encanto.

Abaixou a cabeça comovido, e duas lágrimas, as primeiras e últimas que lhe vi, brilharam-lhe nos olhos apagados. Dirigiu-se a Paulo da Rocha em voz sumida.

– Mestre Paulo, fui injusto, perdoe-me, perdoe a um homem que vai morrer.

Depois com um esforço:

– Salve-me o Luís, salve-o, pelos mártires de Pernambuco!

– Senhor Guilherme da Silveira – respondeu solenemente o mulato, estendendo o braço sobre a minha cabeça, –, a vida de seu filho está segura, juro-o pela vida de minha filha!

Depois, mudando de tom, acrescentou:

– Mas ainda é tempo, fuja, senhor Guilherme.

– Não, mestre Paulo, não faria senão arriscar a vida de meu filho. A minha companhia o deixaria a perder. Os cabanos querem o meu sangue. A Deus Nosso Senhor encomendo a minha alma...

Nesse momento, a porta da rua voou em mil pedaços, e muitas pessoas penetraram em tropel no corredor. Meu pai fechou a porta que dava do corredor para a varanda e, encostando-se a ela, voltou-se para nós, dizendo-nos, com um gesto, que nos fôssemos embora.

Ah! se a porta da rua chapeada de ferro e com sólidas trancas não resistira muito tempo, como resistiria essa segunda porta?

Paulo da Rocha pareceu hesitar algum tempo, mas um novo gesto de meu pai, cheio de uma desesperada energia, o decidiu. Carregando-me ao ombro com um vigor incrível, pôs-se a correr para o quintal, de onde em breve saímos pelo portão, apesar das minhas súplicas e dos esforços que fazia para que me deixasse. Bem compreendia eu que era a última vez que via a meu velho pai, e doía-me abandoná-lo naquele supremo momento.

Durante algum tempo, andou Paulo da Rocha dando voltas pela vila, até que chegamos ao porto. Na extremidade da vila, em uma enseada, estava uma canoa, e nessa canoa se achavam três pessoas: padre João da Costa, minha mãe e Júlia.

Caí nos braços de minha mãe que me recebeu soluçando. Depois da primeira efusão, minha mãe perguntou:

– E teu pai?

Lágrimas foram a única resposta que dei.

Para fazer diversão a esta cena, o pernambucano empurrou a canoa, saltando dentro dela, e, armando-se do mará, exclamou em voz que procurou tornar alegre.

– Agora, fujamos!

E então, tirando de sobre a coberta três pequenos remos redondos, injungiu com a autoridade que as circunstâncias lhe davam:

– O padre mestre, o Luís e eu remamos. Júlia esgotará a água da canoa.

E, sentando-se à popa, deu uma remada vigorosa, impelindo a embarcação para o largo.

Padre João e eu tomamos os nossos remos e procuramos ajudar ao mulato. De repente, porém, o vigário parou de remar. Ergueu-se dando um grito, e lívido, lento, estendeu o braço para a vila, murmurando:

– Ali! Ali!

No centro da vila, uma grande chama escarlate erguia-se do telhado de uma casa, e o fumo subia em espirais para o céu. Todo o povoado estava iluminado por aquele enorme clarão. Sombras estranhas moviam-se no meio do fogo. Outras dançavam em roda da casa, à claridade do incêndio. Ouvia-se o crepitar do fogo, e de vez em quando o ruído que fazia uma trave desabando. Em torno, corria serena e silenciosa a madrugada. Nos sítios vizinhos, cantavam saudosamente os solitários galos.

Nós estávamos de pé ao fundo da canoa, boiando num mar de fogo reverberado pelo clarão do incêndio na superfície plácida do rio.

Minha mãe foi quem primeiro percebeu que o fogo era na nossa casa. A pobre mulher deixou-se cair ao fundo da canoa, soltando um gemido de angústia.

Matias Paxiúba, o brasileiro, cumpria parte de sua promessa, incendiando a casa do juiz de paz, e queimando-lhe o corpo, crivado de facadas, no enorme brasido. Restava a exterminação da família do seu velho inimigo, e ia ser eu de ora avante o objeto principal do seu ódio e de sua perseguição incansável.

VI

No dia seguinte à tardinha, chegamos a um pequeno cacaual, num dos Igarapés do Andirá. Pertencia o sítio a uma pobre mulher, comadre do vigário, e por estar colocado em lugar quase desconhecido e desabitado, Paulo o escolhera para nosso refúgio.

Os acontecimentos infaustos da minha infância ficaram-me de tal sorte gravados na memória, que tenho ainda bem presente os mais insignificantes pormenores, bem como nas suas minudências o local que foi teatro das cenas mais importantes dessa desgraçada quadra da minha vida.

Compunha-se o sítio da velha Andresa de uma casinha de palha, com dois quartos apenas, e de um pequeno terreno com cerca de dois mil pés de cacaueiros.

À esquerda da casa, ficava o velho e grosseiro tendal, e à direita, uma pequena horta de tabaco, pimenta e algumas couves. O terreno era largo, bem plantado de laranjeiras e de mangueiras, e bastante limpo. Visto do rio, era o sítio de aspecto pitoresco, e a pobreza que em tudo denotava tinha alguma coisa de distinto e elevado, que inspirava imediata simpatia pelos moradores. A Andresa viuvara ainda moça de um negociante de Vila Bela e retirara-se para aquele sítio que com duas mulatas e um preto velho era tudo quanto lhe haviam deixado os credores do Pará. Ali morava já havia anos esquecida do mundo e toda entregue à vida contemplativa dos povos da beira do rio.

Ali a fomos encontrar, sentada à porta da casinha, com o cachimbo na boca e o olhar perdido na imensidade do céu azul.

Aquela morada tão solitária e tão esquecida, onde parecia habitar a mais profunda paz, contrastava vivamente com os nossos corações agitados pelos tremendos acontecimentos da véspera, e um tal contraste agravava os nossos sofrimentos.

Minha mãe, coitada! entrecortava de suspiros e ais o pranto que lhe corria dos olhos. Padre

João da Costa ia cabisbaixo e como envergonhado da fuga. Júlia e eu estávamos muito comovidos. Somente Paulo da Rocha parecia indiferente a tudo e fazia os gastos de uma conversação, sustentada somente para disfarce das dores.

Andresa recebeu-nos com a lhana hospitalidade da gente da nossa terra. Inteirada do motivo que nos levava, mostrou compartilhar da nossa desgraça e suspirou tristemente ouvindo-nos a história de meu pai, que considerávamos vítima do furor dos cabanos. Nem outra coisa se poderia admitir, infelizmente!

A velha Andresa acomodou-nos na sua casinha o melhor que pôde, e ela, minha mãe, Júlia e as duas escravas tomaram conta de um dos quartos. Padre João da Costa, Paulo da Rocha e eu aboletamo-nos no outro.

Tive então ocasião de apreciar melhor o estranho caráter do sineiro da matriz. Ao passo que padre João, sadio e rosado apesar de tudo, passava as noites em barulhentas lamentações, maldizendo a sua covardia e infelicidade, o velho do outro mundo guardava uma serenidade admirável e, sempre de sorriso nos lábios, parecia, na majestade de sua sublime alma, velar tutelarmente por nós.

Bem se notava que de vez em quando surpreendia-o uma perturbação profunda, mas que passava rápida e fugitiva para dar lugar àquela tranqüilidade de espírito, inexplicável para nós.

Ente incompreensível!

Quando se falava da cabanagem, Paulo da Rocha nos enchia de espanto com a expressão de simpatia por uma causa que nos parecia insustentável. Ao mesmo tempo, a sua conduta, toda em oposição às suas palavras, fazia-nos cismar, vaga e absurdamente receosos.

Franqueza, franqueza, não confiávamos muito no *velho do outro mundo*, apesar do que tinha feito por nós. Não posso explicar uma tal desconfiança, mas minha mãe, principalmente, não se soubera despir dos antigos preconceitos, nem podia olhar com segurança para o mulato.

Era mesmo tão grande a nossa injustiça que uma vez (ainda bem me lembra o caso) estávamos sentados todos no terreiro, admirando o cair da tarde que à beira do rio é de uma sublimidade única, e como a preocupação exclusiva de todos era a cabanagem, não tardamos em desinteressar-nos do magnífico espetáculo equatorial para começarmos a falar dos lutuosos acontecimentos da época.

Paulo da Rocha dissertou longamente sobre as causas da cabanagem, a miséria originária das populações inferiores, a escravidão dos índios, a crueldade dos brancos, os inqualificáveis abusos com que esmagam o pobre tapuio, a longa paciência destes. Disse da sujeição em que jaziam os brasileiros, apesar da proclamação da independência do país, que fora um ato puramente político, precisando de seu complemento social. Mostrou que os portugueses continuavam a ser senhores do Pará, dispunham do dinheiro, dos cargos públicos, da maçonaria, de todas as fontes de influência, nem na política, nem no comércio o brasileiro nato podia concorrer com eles. Que, enquanto durasse o predomínio despótico do estrangeiro, o negro no sul e o tapuio no norte continuariam vítimas de todas as prepotências, pois que eram brasileiros, e como tais condenados a sustentar com o suor do rosto a raça dos conquistadores. Que o tapuio boçal, ignorante, era instrumento movido por um sentimento nobre, habilmente manejado, o sentimento religioso e nacional, mas que quem tinha a culpa disso era a raça dominante, pois queria conservar o caboclo na mais completa ignorância, que o enchia de superstições para dominá-lo, e depois não queria que fosse subjugado por essas mesmas superstições, que os patriotas do Pará, inteligentemente inspirados, punham em jogo para o arrancar a uma apatia secular.

Ele, Paulo da Rocha, não compreendia como o governo do Rio de Janeiro, nascido de uma manifestação nacional, perseguia os caboclos do Pará, pois, afinal de contas, a cabanagem não era mais do que um prolongamento sangrento e brutal, é verdade, mas lógico, da revolução de 7 de abril.

À medida que o velho falava com o entusiasmo concentrado que eu já uma vez lhe vira, uma viva surpresa, em breve transformada em profunda contrariedade e finalmente acentuada em acerba repugnância, foi-se gradativamente manifestando no rosto de minha mãe e na atitude de padre João da Costa, que a custo se continha para não explodir em contestação violenta.

Minha mãe, porém, interrompeu o mulato, lançando-lhe face a face estas cruéis palavras:

– Isso dizem os cabanos para esconder os seus torpes motivos. O que eles querem é matar e roubar. Quem sabe se não somos vítimas de uma traição bem arranjada?!

E o seu olhar completava a horrível insinuação. No seu pálido rosto, sulcado por ininterruptas lágrimas, um rubor de indignação e de cólera dizia mais do que os seus lábios poderiam exprimir.

O velho abaixou lentamente a cabeça e calou-se. Um sorriso de resignação serena logo lhe veio iluminar o semblante.

Padre João e eu ficamos envergonhados e arrependidos, pois tivéramos ambos a mesma desconfiança que minha mãe manifestara, mas o sorriso do velho nos subjugava o coração, desmentia as suas insensatas palavras. E logo nos separamos para evitar o cruel acanhamento que se seguiu a essa cena.

Desde esse dia, porém, fugiu a franqueza das nossas relações. Pouco falávamos, andávamos mais tristes do que nunca, e o próprio Paulo da Rocha já não provocava a conversação, limitando-se às poucas palavras exigidas pela cortesia. Um mal-estar indefinível apoderou-se de nós. Eu tinha sonhos horrorosos, em que o pernambucano fazia o papel de algoz. Outras vezes era padre João da Costa que me prendia na qualidade de brasileiro nato, e me açoitava cruelmente, depois de me reduzir à escravidão. Júlia já não era tão minha amiga como antes.

Vivemos assim três semanas aquela vida monótona e desassossegada, tristes, alheios a tudo que se passava a poucas léguas do nosso modesto habitáculo. Durante esse tempo, nenhuma canoa passou pelo porto do sítio. Parecia que nos achávamos em terra completamente deserta.

Um dia, ao sair do quarto pela manhã, vi um tapuio a conversar em voz baixa com Paulo da Rocha, sob as laranjeiras do terreiro. Espreitei-os, e vi o desconhecido dirigir-se, passado algum tempo, para o porto, embarcar numa montaria e seguir viagem na direção de Vila Bela.

Corri a levar a minha mãe a nova assustadora. A pobre mulher quase enlouqueceu de susto. Muito custou a padre João da Costa o dissuadi-la do projeto de fuga, a que se aferrou na idéia fixa da traição do mulato.

Não deixavam de ter fundamento as razões do padre:

— De que nos serve fugir? Estamos à mercê do sineiro. Por água não escaparemos, por não sabermos para onde dirigir a canoa e não conhecermos estes lugares ermos. Por terra? iremos morrer de fome e de miséria por esses matos ou matar a fome a algum casal de onças-pintadas. O melhor é esperar a pé firme o perigo, que não será assim tão bárbaro este homem que nos sacrifique depois de nos ter arrancado ao poder dos brasileiros. Porque, enfim, vamos e venhamos. Se ele nos queria entregar aos cabanos, para que nos tirou de Vila Nova?

E terminou, depois de uma pausa, como argumento decisivo:

— Entreguemo-nos à Divina Providência, o melhor amparo dos que padecem.

VII

Eram duas horas da tarde, e eu me banhava nas águas tépidas do rio, quando julguei ouvir barulho de remos e sons de vozes estranhas. Posto já houvesse esquecido o incidente da conferência entre o mulato e o tapuio, que se dera alguns dias antes, uma viva desconfiança me assaltou. Pus-me atento e conheci que alguma canoa se aproximava do porto. Não tardou muito que não visse, tomado de espanto, dobrarem a ponta de uma ilha vizinha algumas canoas; eram três ou quatro compridas montarias, cheias de gente, mas de uma gente esquisita, desconhecida, alguma coisa de fantástico e estranho que me excitou sobremaneira a imaginação. A primeira idéia que me assaltou a mente, logo que pude refletir, foi que aquela gente pertencia ao partido dos *brasileiros.*

– Os cabanos, os cabanos! – gritei eu, correndo para a casa, louco de terror, sem me dar ao trabalho de vestir a roupa que sobraçava.

Minha mãe, o padre vigário, a Andresa e Júlia conversavam na varanda. Ergueram-se automaticamente e puseram-se a olhar para o rio, com o olhar desvairado e ansioso:

– Os cabanos! – repeti eu, agarrando-me à batina de padre João, procurando esconder a nudez sem chegar a vestir-me.

– Estais doido, menino? – disse-me o vigário rudemente. – Andas aqui a meter medo à gente! Onde viste os cabanos, travesso de uma figa?

– Ali! – respondi apontando para a ilha que no meio do rio o separava em duas partes quase iguais. – Ali, atrás da ilha!

Padre João ainda quis replicar, mas nesse momento as canoas apareceram de novo, e desta vez ninguém pôde deixar de vê-las.

Vinham cheias de gente, como a princípio me pareceram. Cada uma delas trazia à popa uma espécie de pequeno mastro, em cujo topo tremulava uma bandeirinha encarnada.

– São eles! – mumurou padre João da Costa em voz sumida.

– Deus Nosso Senhor Jesus Cristo! – soluçou minha mãe, deixando-se cair de joelhos e cobrindo o rosto com as mãos.

A velha Andresa parecia estúpida diante daquele espetáculo. Eu tremia, agarrado ao padre e à roupa, mas procurava mentalmente contar o número de embarcações e de cabanos. Só Júlia parecia menos comovida.

– Que será de nós? – balbuciou o vigário de Vila Bela, arrancando um pequeno crucifixo do seio e beijando-o repetidas vezes.

Nesse momento, Paulo da Rocha apareceu. Vinha do cacaual, da parte próxima ao rio, de onde provavelmente vira a chegada dos cabanos. Estava pálido, mas sereno. Somente o movimento das narinas denotava a grande agitação que lhe ia na alma.

Quando o vimos aparecer, quase sem ter pressentido, recuamos instintivamente, minha mãe, o padre e eu. Ele, porém, como se não tivesse reparado naquele nosso injurioso mas involuntário movimento, disse-nos com voz forte e firme, num tom de franqueza rude, que produzia sempre no nosso coração o desejado efeito:

– Não tenham medo. Vamos, entrem e fechem-se dentro do quarto. Nada temam. Padre mestre, não se acovarde… Vossa Reverendíssima está dando mau exemplo a esta gente. Veja se lhes reanima a coragem.

E, juntando o gesto à voz, o *velho do outro mundo* fez-nos entrar num quarto. Depois adiantou-se sozinho para o terreiro.

As escravas que andavam pelo cacaual chegaram nesse momento gritando:

– Os cabanos! os cabanos!

Minha mãe ajoelhada perto da porta rezava com fervor. Júlia parecia mais curiosa do que amedrontada. Padre João e a velha Andresa, sentados em redes, estavam mais mortos do que vivos. As mulatas choravam ruidosamente.

Pela fresta da porta entreaberta percebi que as canoas chegavam ao porto do sítio e abeiravam a ponte.

No quarto, além do ligeiro rangido das cordas das redes nas escápulas de pau, ouvia-se o soluçar medroso das escravas, arrodilhadas no chão, aos pés da senhora, com a cabeça oculta nas saias. Lá fora, a vozeria dos tapuios.

Não pude escapar ao influxo das idéias romanescas que me enchiam o cérebro e me exaltavam a imaginação. Naquela hora tremenda, em que ia talvez decidir-se da minha vida e da sorte de minha mãe, senti-me transportado para um mundo ideal, de pura fantasia, mas que se me afigurava presente e tangível, e superexcitando-me os nervos colocava-me acima de qualquer receio e indiferente a tudo que não fosse saciar os olhos e a imaginação naquele espetáculo extraordinário.

Uma curiosidade irresistível apoderou-se de mim; queria a todo o custo ver o que se ia passar. Um fogo intestino devorava-me. Acabei de enfiar a roupa e, abrindo sorrateiramente a porta, deitei a correr para o terreiro, sem que dessem por mim.

E o que vi era realmente digno de ver-se.

Quando cheguei a alguns passos de distância de Paulo, sem ser percebido, vali-me da agilidade de curumim do Amazonas para trepar a uma mangueira do terreiro. Uma centena de pessoas, homens, mulheres e crianças, caboclos na maior parte, negros e mulatos muito poucos, desembarcavam desordenada e ruidosamente. Os homens vestiam calças e camisas de algodão tinto em murixi vermelho, cobriam-se com grande chapéu de palha, com topes de duas cores, vermelha e preta, em forma de cruz. No peito da camisa tinham distintivo igual, e à cintura traziam um horroroso troféu de orelhas humanas, enfiadas em um embira, em ostentação de perversidade e valentia.

As mulheres trajavam saias e camisas da mesma fazenda de algodão, sendo somente as saias tintas em murixi, e sobre os amplos peitos morenos destacava-se a cruz de duas cores que distinguia os cabanos, inimigos dos maçons e dos portugueses. As crianças estavam quase todas nuas. Homens e mulheres, ao que me pareceu do alto da mangueira, tinham fisionomia bestial e feroz e vinham armados de espingardas, terçados, chuços e espadas.

Toda aquela gente, num tumulto de desenfreada licença, ria e gritava, praguejava e rezava ladainhas, entrecortadas de soluços aguardentados e de gestos de ameaça e de ódio que me causavam calafrios. Sem disciplina nem ordem de espécie alguma, desembarcaram os cabanos, e num esvozear desbragado, em passos precipitados e atitude hostil, tomaram o caminho da habitação da velha Andresa. Saiu-lhe ao encontro o *velho do outro mundo*.

– Então, canalha! – bradou o mulato, numa voz retumbante e áspera. – Então canalha! É assim que se invade a casa do cidadão brasileiro?!

Cuidei de vir abaixo da árvore num desmaio de surpresa e de susto, ao ouvir aquelas audazes, ou melhor, insensatas palavras de provocação e insulto, que Paulo da Rocha proferia numa alucinação de raivosa impotência. Pareceu-me que os cabanos iam cair sobre o velho desarmado e só, e massacrá-lo como a um verme.

Fechei os olhos para não ver o horrendo assassinato, mas a curiosidade me estimulou a abri-los e, com o maior espanto que jamais senti em minha vida, vi, com estes olhos, a multidão estacar tímida e muda.

Paulo da Rocha continuou no mesmo tom de voz:

– Se vindes como patrícios e amigos, terei muito gosto em vos receber a todos. Eu sou brasileiro, entendeis, tapuios bêbados? E se algum há entre vós que não seja meu patrício, que o declare se for capaz!

O velho sineiro da Matriz tinha a altiva beleza dos heróis das antigas lendas. A sua fronte erguia-se com majestade augusta da fronte dos reis. O crânio despido de cabelos brilhava aos raios do sol da tarde com reflexos metálicos. O olhar de gavião real dominava a multidão semi-selvagem de tapuios ferozes que a sede de assassínio e de roubo ali trouxera.

Ele insistiu com dobrada arrogância:

– Ninguém se atreve a declarar? Como é, pois, que brasileiros entram em casa de brasileiros por semelhante forma? Que quereis, corja sem vergonha?

O que se passou então foi coisa tão estupenda que, narrando-o após o decurso de tantos anos, receio não ser acreditado. Eu vi aquela multidão de bandidos humilhar-se ante um homem desarmado. Vi os cabanos, os fanáticos caboclos que nada respeitavam, tremerem diante daquele velho alquebrado pelos anos e murmurarem desculpas.

– Patrício – balbuciou um que parecia o chefe da expedição, – nós chegamos como amigos na casa do seu amigo.

– Sede bem-vindos – respondeu o mulato, abrandando a rudeza da voz. – Entrai e recebei a hospitalidade do pobre.

E Paulo da Rocha encaminhou-se para a casa, seguido pela multidão dos cabanos que, parecendo ter subitamente recuperado a sua liberdade de ação, gesticulavam, gritavam e entoavam canções cheias de ameaças de morte e de graçolas ridículas.

Estupefato, fora de mim, desci da árvore e segui o bando. Quando chegamos, a casa parecia deserta.

Paulo voltou-se para os importunos hóspedes e disse-lhes num tom de amigável superioridade:

– Patrícios, à vontade; mas ninguém estrague o que lhe não pertence.

Imediatamente a multidão, como se só esperasse aquela ordem, dispersou-se pelo sítio. Uns correram para o cacaual, outros para a horta e alguns para o tendal, e o sítio, de ordinário silencioso e melancólico, ofereceu um aspecto curioso de animação e desordem. Aqui uma velha desdentada e nojenta fazia vinho de cacau em tipitis e alguidares; ali, um bando de crianças quebrava galhos de laranjeiras para mais à vontade colher os frutos grandes e avermelhados que lhes excitavam a gula. No terreiro, mulheres improvisavam um fogão com três pedras e assavam o peixe furtado ao paiol da velha Andresa. Na cozinha, um grande círculo discutia e berrava, dançando o sairé e bebendo aguardente que o mulato lhe pusera à disposição. Por toda a parte algazarra e desordem.

Três ou quatro dos principais cabanos ficaram na varanda, onde Paulo lhes servira aguardente, peixe, farinha e tabaco.

Paulo da Rocha falava-lhes com sobranceria, e a cada uma de suas palavras eu cuidava que se iam levantar os cabanos e matá-lo. Mas o sineiro possuía algum condão maravilhoso. Longe de se zangarem, os tapuios pareciam moderar-se e submeter-se, à medida que a voz do velho crescia em veemência. Era na realidade extraordinário o que se passava. Parecia-me estar sonhando.

– Nós batalhamos por ordem de Deus – disse um tapuio velho que mostrava ser o mais autorizado. – Queremos dar cabo dos marinheiros todos porque são maçons, inimigos dos santos e nos roubam o suor do nosso rosto.

– E que significa essa cruz que trazes no peito e no chapéu? – perguntou o mulato.

– Isto é um sinal bento – explicou o tapuio. – Todos os brasileiros hão de trazer a cruz para se livrarem das tentações do inimigo. É a religião que nos manda usar a cruz. É o sinal da nossa redenção.

– E o sinal da redenção é coisa que se pregue no chapéu que anda por toda a parte e rola pelo chão? – disse Paulo da Rocha, arrancando

o chapéu da cabeça do tapuio e atirando-o fora.
– É assim que se teme a Deus, quando se brinca com a cruz em que morreu Nosso Senhor?

O tapuio levantou tranqüilamente o chapéu e sorriu alvarmente, olhando para os companheiros.

Um destes murmurou com uma risadinha sarcástica:
– Entretanto, diz que você já foi rebelde noutro tempo, mestre Paulo...

Os cabanos encararam o sineiro como se lhe pedissem uma explicação.
– Fui rebelde – exclamou Paulo da Rocha, erguendo altivamente a cabeça, – mas a minha causa era grande e nobre. Nós, em Pernambuco, nos rebelamos por uma idéia grandiosa, idéia que ficou afogada em sangue, mas não morreu, há de surgir mais tarde ou mais cedo. A igualdade das raças há de ser proclamada, assim como o foi a independência da nossa pátria, pela qual morreram, em 1817, os meus valentes chefes. Dos dois fins que a rebelião de Pernambuco tinha em mira, um já se conseguiu, ainda que incompletamente. O outro... Não há de tardar o dia da redenção dos cativos. Mas os cabanos matam e roubam pelo simples prazer do crime, ou antes, porque invejam a prosperidade dos brancos.
– Não, mestre Paulo! – contestou o segundo tapuio. – Branco mata e rouba o tapuio aos bo-

cadinhos. Tapuio mata o branco de uma vez, porque o branco é maçom e furta o que o tapuio ganha.

— Nós — tornou Paulo da Rocha, possuído pelo entusiasmo que dele se apoderava sempre que se referia à revolução de 17, e nem parecendo ouvir a contestação do cabano. — Nós não matávamos os velhos e as crianças, nem roubávamos os bens alheios. Se derramamos sangue, foi em combate, expondo a nossa vida sempre em número inferior ao das tropas legais. E os cabanos que fazem, que querem? Dizem que são brasileiros, mas roubam e matam os brasileiros. Dizem que são religiosos e tementes a Deus, mas matam padres, mulheres e crianças. E querem comparar-se conosco? Então a onça traiçoeira pode comparar-se ao cachorro que ataca de frente? Que vieram vocês buscar aqui? Não sou tão bom brasileiro como o melhor cabano? E que valentia é essa vir assim tanta gente atacar o sítio de uma pobre velha, viúva de um brasileiro que os marinheiros do Pará mataram de desgostos?

— Mestre Paulo, você está enganado — acudiu o mais velho dos tapuios. — Nós não viemos atacar o sítio. Nós cá estamos para visitar o velho mestre Paulo, pedir-lhe um pouco de pólvora e de chumbo — e dizer-lhe que Matias Paxiúba lhe quer falar.

— Ah! vocês pertencem ao bando do Paxiúba?

— Sim. Matias Paxiúba governa desde Óbidos até ao rio do Ramos. Pra baixo quem manda é o Pau-ferro e no mar é Jacó Patacho. Então Matias Paxiúba soube que mestre Paulo estava aqui pras bandas do Andirá. E ouviu dizer que mestre Paulo era valente e foi rebelde no outro tempo. Então Matias Paxiúba quer falar com você.

— Onde está ele?

— Está agora no Lago da Francesa. Lá é o campo grande, porque os legais dominam a Barra do Rio Negro.

— Pois diz-lhe que lá irei ter ao Lago da Francesa o mais depressa que puder.

— Ele mandou dizer que não faltasse para provar que é bom brasileiro. Se você não for, ele diz que você é a favor dos marinheiros.

— Hei de provar a Matias Paxiúba que sou tão bom brasileiro como ele mesmo.

— Nós não duvidamos – disse o tapuio que recordara a Paulo a sua qualidade de antigo rebelde. – Mas é que já outro dia o camarada que veio chamar a você voltou dizendo que você ia e você não foi. Então Matias Paxiúba disse: Remem pra lá!

— Não pude ir tão cedo como queria, mas isso não é motivo para se duvidar de mim.

— Agora então vai?

— Sem falta. Vou acabar de fazer um serviço urgente e sigo logo. Podem ir descansados.

— Viva mestre Paulo — gritou o tapuio erguendo-se e sacudindo o chapéu.

— Viva! — repetiram os outros.

Nesse momento, um dos rebeldes viu-me, e batendo-me no ombro perguntou ao mulato:

— Quem é este curumim?

— É um brasileirinho certo. É afilhado meu.

Valeu-me a cor morena do rosto, requeimado do sol na viagem e nos banhos ao meio-dia em pleno rio. Se eu fosse claro estaria perdido. Para maior facilidade do engano, depois que nos achávamos no sítio da velha Andresa, atribulados e tristes, eu gozava da mais completa liberdade. Andava vestido de calças de riscado e camisa de algodão como qualquer tapuiozinho, descalço e esgadelhado. Quem me visse me tomaria facilmente por um caboclo, como o acreditaram os cabanos. Um deles sorriu-se para mim, dizendo:

— Pois é tempo de meter o curumim na camisa de murixi. Os patrícios devem todos vestir do mesmo modo.

Tive ímpetos de repelir com indignação o conselho, mas o medo foi mais forte do que o orgulho do filho de Guilherme da Silveira. Calei a raiva e escondi a perturbação atrás de um esteio da varanda.

Os cabanos demoraram-se ainda algumas horas no sítio. Depois de terem carregado as canoas de cacau, fumo, aguardente e tudo quanto puderam haver às mãos, despediram-se calorosamente de Paulo da Rocha, recomendando-lhe muito que não deixasse de ir ao Lago da Francesa, onde estava o chefe.

Paulo seguiu-os com a vista até que as canoas dobraram a ponta da ilha e morreu o rumor das vozes aguardentadas e dos remos indolentes. Depois, puxando-me amigavelmente a orelha, foi abrir a porta do quarto às mulheres e ao padre, semimortos de medo.

VIII

— Meus amigos — disse-nos nessa mesma noite o sineiro da matriz, — tudo até aqui tem ido muito bem, depois que cá chegamos, mas falta atravessar a crise principal, o encontro com o Paxiúba. Como há de ser? Matias é feroz, sanguinário e altivo, não se deixará levar pelo nariz. Se lhe não for eu falar ao Lago da Francesa, é muito capaz de vir cá em pessoa, e então não pode deixar de descobrir a viúva e o filho do juiz de paz. Estaremos perdidos. Indo eu ao Lago, não será prudente deixá-los aqui. Andam estas paragens infestadas já pelos cabanos, e um dia podem, agora que conhecem o sítio, vir incomodá-los de novo. Padre mestre, que diz Vossa Reverendíssima?

Até alta noite discutiu-se o problema, e só a custo chegou-se a um acordo satisfatório. Convencionou-se por fim que no dia seguinte partiríamos do sítio da Andresa, e nos internaríamos pelo igarapé dentro em direção ao lago do Anuassu, pequena lagoa de pesca, descoberta pelo escravo de Andresa, e que se supunha inteiramente desconhecida e desabitada. O preto velho nos acompanharia até uma pequena cabana que ele próprio construíra em meio do mato para se abrigar das intempéries nas longas estações de salga que passava à beira da lagoa. Ali deveríamos ficar, enquanto o pernambucano iria apresentar-se ao capitão dos rebeldes, levando em sua companhia a filha, para que o cabano não desconfiasse de que ficara conosco e da proteção que o mulato nos dispensava. Logo que Paulo da Rocha pudesse com a sua presença adormecer as suspeitas de Paxiúba, voltaria a reunir-se aos seus protegidos, e então procuraríamos um meio de chegar à barra do Rio Negro, onde ficaríamos sob a proteção dos legais. Enquanto não voltasse o sineiro, devíamos permanecer no lago Anuassu.

Padre João, ao concluir-se esse plano, exclamou alegremente:

– Não há dúvida, meus filhos, eu me encarrego de dirigir a casa e de pescar para nós três, pois que o preto velho deve voltar logo; a sra. Andresa precisa dele, e basta já de dar prejuízos a essa santa criatura. Com o auxílio da Divina Providência e do maroto do Luís, tudo irá às mil maravilhas.

Como não havia tempo a perder, tratou-se dos preparativos da viagem. As mulheres reuniram toda a nossa roupa, que aliás era pouca e modesta, fizeram um balaio de algumas provisões escapas à rapacidade dos cabanos e que Andresa nos cedeu de boa vontade, dizendo que ela de nada precisava. O Faustino, o preto velho, pescaria para ela, e a tapuia e a mameluca, as duas escravas, lhe arranjariam a farinha e o tabaco de que carecia. Padre João da Costa e eu examinamos os anzóis, preparamos as linhas de pesca, consertamos os arcos e flechas que nos vendeu o Faustino e enchemos um grande pote de vinho de cacau, espumante e saboroso. Paulo visitou a canoa e os remos, e preparou às pressas uma tolda falsa de japá para abrigar os gêneros na viagem.

Essa noite não dormimos, e mal rompeu o dia embarcamos na canoa e despedimo-nos da velha Andresa, que, debulhada em lágrimas, nada respondeu aos fervorosos agradecimentos que lhe dirigimos pela sua generosa hospitalidade.

– Deus abençoe esta casa, minha irmã – disse-lhe o padre João da Costa, – e lhe dê em tresdobro o que a senhora perdeu por amor de nós. Adeus, boa velha, não me esquecerei de ti nas minhas orações.

Minha mãe e Júlia abraçaram a dona do sítio com muita expansão.

Em poucas horas chegamos à lagoa do Anuassu, e logo depois abeiramos ao porto da cabana de Faustino. Era uma miserável palhoça que mal poderia acomodar a duas pessoas; um desses ranchos que os pescadores constroem à beira dos lagos de pesca no verão, para se abrigarem da chuva e agasalharem o peixe salgado. Aboletamo-nos ali como foi possível, e, porque a casa (se tal nome poderia ter) só constasse de duas peças, tratamos logo de fazer uma divisão com estacas e palha de pindoba, para que minha mãe tivesse o seu quarto de dormir. Armou-se também uma pequena coberta para cozinha, improvisando-se o fogão com três pedras e um moquém.

A novidade agradava-me, e nesse casebre eu me julgava tão bem como na nossa grande casa de Vila Bela. Padre João parecia satisfeito e exclamava a todo instante:

– Magnífico! soberbo! Ora digam que o Senhor não provê as necessidades das suas criaturas.

No dia seguinte, Paulo e Júlia partiram para o Lago da Francesa, deixando-nos imersos em profunda inquietação. Senti muito a ausência de Júlia. Fui sentar-me à beira do Anuassu, que ela atravessara na frágil canoa, e chorei o dia inteiro.

Nada mais triste nem mais monótono do que a vida que levávamos no Anuassu depois da partida do pernambucano.

O bom humor afetado pelo vigário no dia da chegada desaparecera logo que se vira isolado naquele sertão bravio, entre uma viúva inconsolável e uma criança.

Minha mãe reunia à saudade do esposo assassinado a inquietação pela existência do filho e o receio da própria segurança. Eu mesmo, apesar da leviandade da meninice, sentia-me triste, saudoso, aborrecido à beira daquele lago deserto, sem uma criatura a que a proporcionalidade dos anos me ligasse. Dum lado minha mãe, com os olhos úmidos de pranto e o peito apresso de suspiros. Do outro, o carão enfastiado de padre João da Costa e a sua elevada estatura a passear silenciosamente à porta da cabana, quando os afazeres da caça e da pesca não o prendiam longe da habitação.

Assim passamos cerca de quinze dias no isolamento e no abandono, receando pela vida de Paulo da Rocha e desesperando da situação, julgando-nos condenados a arrastar uma existência deplorável naquele sertão que as onças e as cobras freqüentavam.

Uma manhã fomos acordados por Paulo da Rocha.

O sineiro vinha só e estava muito triste. Brilhava-lhe o olhar e tinha um sorriso de orgulho a iluminar-lhe a fisionomia.

– E Júlia? – perguntei eu.

Ficara no Lago da Francesa, com os cabanos, que a retinham como refém. Paulo da Rocha dissera que precisava ir a Serpa tratar de negócios urgentes, e, para que voltasse a incorporar-se aos brasileiros, estes haviam exigido que deixasse a filha. Na verdade, o que o mulato queria era levar-nos àquela vila, de onde facilmente poderíamos ganhar a Barra, enquanto ele voltasse a buscar a filha.

Conquanto nos parecesse estranha a história, nada dissemos ao pernambucano que denotasse a nossa incredulidade, posto nadássemos num mar de conjecturas sobre a sorte de Júlia.

Só muito mais tarde chegou a verdade ao nosso conhecimento, por informação de uma testemunha ocular.

O homem extraordinário, que foi para mim mais do que pai, queria ocultar os atos de inaudita generosidade que praticara, mas felizmente para a sua memória não pôde prevalecer a sublime mentira, eu e todos conhecemos a grandeza daquele coração.

Quando o pernambucano chegou com a filha à presença do feroz Paxiúba, este já sabia perfeitamente que nos salvara, a minha mãe e a mim, do furor dos cabanos, escondendo-nos num lugar só dele conhecido na vasta região Amazônica. O brasileiro recebeu-o, pois, cheio de ódio e disposto a empregar as maiores violências para haver às mãos os *marinheiros*.

– O filho dessa gente maldita – disse o tapuio em tom resoluto, – o filho de Guilherme da Silveira não pode viver. Tens que entregá-lo à vingança dos teus patrícios.

Paulo da Rocha foi inabalável diante da exigência do chefe. Ergueu a cabeça altiva, e, fitando os olhos de águia no rosto horrendo do cabano, disse em voz sonora e clara:

— Paxiúba, um pernambucano põe acima de tudo as leis da honra. Eu jurei pela vida de minha filha salvar o filho do juiz de paz.

— Tu és um traidor! — bradou em voz de trovão o cabano, pondo-se de pé e ameaçando o mulato com os punhos. — És um traidor, negro, vil, estás vendido aos marinheiros e aos maçons!

Aquele insulto fez empalidecer o mulato. Passou-lhe um relâmpago no olhar, mas não respondeu.

Os espectadores desta cena assistiam trêmulos à luta iminente entre o cruel e desapiedado cabano e o velho feiticeiro, o *velho do outro mundo*. Eram na totalidade caboclos e negros, cabanos todos, gente ignorante e rude, acostumada a temer a força e crueldade de um e o mistério sobrenatural de que se habituara a aureolar a fronte do outro.

Matias Paxiúba continuou:

— Há muito tempo que eu desconfiava de ti. Mas toma cuidado! Ninguém se atreva a encarar face a face com Paxiúba, o brasileiro! Sou filho da onça, neto do tamanduá e mano do jacaré! O filho do *marinheiro* há de morrer, para que se extinga a fama daquela família maldita. É preciso vingar os nossos irmãos assassinados por ordem do juiz de paz. Negro, tu hás de entregar o *marinheirinho*, ou te arrependerás!

– Paxiúba – respondeu o mulato, contendo-se a custo, – quando a gente chega à idade que tenho, não teme insultos nem ameaças, tratando-se de cumprir um dever. Ser brasileiro não é ser assassino, caboclo! Toma cuidado tu também, mano do jacaré. Jurei salvar a vida do pequeno e hei de cumprir o meu juramento, custe o que custar.

Paxiúba quis lançar-se sobre o velho, com os dentes arreganhados e a face convulsa de furor. O mulato deu um passo atrás e esperou-o em atitude calma, serena e majestosa.

– Vamos, caboclo – exclamou Paulo da Rocha; e no movimento convulso das narinas e no estridente tom de voz denotava a inquebrantável energia com que se aparelhava para a luta. Vamos, caboclo, mostra que és valente. Obriga-me a entregar-te o filho do juiz de paz!

O mulato levara a mão ao seio da camisa. Ou porque suspeitasse aquele movimento, que parecia denunciar a arma oculta, ou porque o prestígio do velho rebelde e o terror que inspirava o feiticeiro o dominasse, o cabano recuou e com ele recuaram todos os cabanos.

Mas, a distância, moderando a voz, com um furor concentrado, lentamente para que cada palavra fosse uma punhalada, Matias Paxiúba disse:

– Negro, tu vais buscar o marinheirinho e hás de trazê-lo em companhia da mãe e do padre. Tua filha daqui não sai. E por Nossa Senhora te juro que a cunhantã pagará pelo filho do juiz de paz. Cada dia que perderes na viagem, será um dia de tormento para ela. Vai, e toma cuidado. Não queiras que se diga que o velho Paulo da Rocha sacrificou a carne de sua carne para salvar um inimigo dos seus patrícios; um dos tiranos do Brasil. Não queiras que se diga que o pernambucano não merecia ser pai e que Deus errou quando lhe deu uma filha.

E, voltando-se para os seus sequazes, o Paxiúba ordenou:

– Agasalhem a cunhantã!

No dia seguinte ao da volta de Paulo da Rocha, seguimos todos para Serpa. Levamos muitos dias de viagem porque foi forçoso procurar os caminhos mais longos, dar voltas enormes, andar pelos furos mais estreitos, arrastando algumas vezes a canoa, para escapar às vistas dos cabanos que infestavam aquelas paragens. Íamos todos sobressaltados e Paulo da Rocha mergulhado em profunda tristeza. Afinal chegamos à ilha de Serpa, e aí nos deixou o sineiro para ir, como ele nos disse, em busca da filha, mas na realidade para somente aproximar-se dela, e tentar algum meio de salvação. Estávamos em segurança, e o heróico mulato podia partir descansado.

Passamos muitos dias em Serpa, em casa de um português, antigo amigo de meu pai. Lá tivemos a confirmação da morte desgraçada de Guilherme da Silveira, cujo corpo não pôde ser sepultado em lugar sagrado. Minha mãe, que ainda se apegava a uma solução milagrosa, ficou em estado de verdadeiro desespero.

De Serpa, partimos para a Barra do Rio Negro, onde residia meu tio Lourenço. As impressões que os acontecimentos narrados me haviam deixado no espírito foram pouco a pouco se esvaindo, graças ao tempo e à despreocupação natural da infância.

De Paulo da Rocha e de Júlia, não mais tivemos notícias. A dificuldade das comunicações, a agitação dos tempos e o cuidado da própria segurança haviam impedido uma pesquisa mais cuidadosa sobre o destino que levara o nosso salvador. Meu tio Lourenço, que se incumbira de colher notícias, prometera empregar nisso toda a diligência. Faltou-lhe persistência ou o tempo lhe foi absorvido pelos negócios... não sei. Eu era ainda muito criança para interessar-me ativa e insistentemente por qualquer coisa. Minha mãe, imersa na sua dor, não cuidava senão em chorar e rezar. Quanto ao bom padre João da Costa, não sofrera impunemente a perseguição de Matias Paxiúba. Uma febre palustre, adquirida nos sertões do Andirá e do Anuassu, apoderara-se do corpo, e tenaz, refratária a todos os cuidados da medicina, minara-lhe o organismo, matando-o por fim.

Quando ouvimos dizer que se findara a cabanagem, tive de deixar por uma vez os folguedos da meninice e seguir para o seminário do Pará. Dali me mandaram para Olinda, a cursar a academia de Direito.

Muitos anos se passaram sem que eu voltasse ao Pará.

IX

Um dia, era eu juiz municipal e delegado de polícia de Óbidos e visitava a fortaleza, transformada provisoriamente em cadeia de justiça, por falta de edifício apropriado. O comandante do forte, um tenente-coronel reformado, velho muito contador de histórias, gostando de dar a perceber os seus conhecimentos estratégicos, fez-me apreciar as vantagens topográficas da fortificação, gabou a solidez dos muros, a boa escolha do local e queixou-se do desamparo em que o governo deixava tão importante meio de defesa, o único de que Óbidos dispunha.

– Olhe, senhor doutor – acrescentou o tenente-coronel Miranda, – se o governo do meu país (ele dizia *meu país*, como se o Brasil todo lhe pertencesse), se o governo do meu país fosse mais previdente, muitos males se teriam evitado no passado e muitos mais se evitariam para o futuro. Mas qual! Aquela gente do Ministério da Guerra não faz nada lá no Rio de Janeiro! Canso-me de reclamar, reclamar, reclamar!... Vossa Senhoria já me respondeu alguma coisa? Não? Pois assim fazem eles. O presidente da província é a mesma coisa. Olhe, no tempo da cabanagem...

Esta palavra despertou a minha atenção cansada da verbiagem do velho, e procurando já distrair-se nos detalhes do edifício colonial. A cabanagem! quantas idéias confusas, dolorosas, ardentes, romanescas não fazia tal palavra brotar no meu cérebro de moço! As recordações da infância, emaranhadas, obscuras, cheias de lacunas, andavam procurando um fio condutor que as guiasse e esclarecesse. Tudo quanto dizia respeito aos motins políticos do Pará interessava-me sobremaneira. Tinha a curiosidade dos menores detalhes, buscava informar-me de todas as circunstâncias de coisas e pessoas daquele sangrento episódio que atravessara a minha infância como um clarão de fogo, a chama do incêndio que devorara o corpo de meu pai.

– Vossa Senhoria assistiu à cabanagem, senhor tenente-coronel? – perguntei ao comandante.

O velho militar olhou para mim muito espantado, como se eu lhe perguntasse coisa que ninguém podia ignorar.

— Como, senhor doutor? Pergunta se eu assisti à cabanagem!

Mostrou-me uma fita na lapela da farda e acrescentou:

— Pois não está vendo? Isto foi pelo feito do Lago da Francesa. Fui eu quem destruiu o bando de Matias Paxiúba...

— De Matias Paxiúba, o brasileiro? — perguntei sofregamente. E acudindo a reminiscência, aos pedaços, em desordem, continuei:

— De Matias Paxiúba, que invadiu Óbidos, que saqueou Vila Bela e incendiou nossa casa? Matias Paxiúba foi o assassino de meu pai, senhor tenente-coronel.

— Esse mesmo, um dos mais ferozes tapuios da cabanagem.

E, vendo-me vivamente interessado, o tenente-coronel Miranda deu largas ao seu gosto pelas narrativas, principalmente quando se supunha o herói delas:

— Eu era capitão nesse tempo e comandava a companhia encarregada de bater os matos de Vila Bela, onde o bando de Matias Paxiúba se ocultava. Os cabanos, apesar das fumaças de valentia, não ousavam encontrar-se com as forças legais, e fugiam-lhes na frente, deixando os vestígios de sua crueldade em mortes, incêndios e desolação. Afinal, depois de muito trabalho, consegui descobrir o acampamento da quadrilha principal, que era então à margem do Lago da Francesa. Cheguei à meia-noite à beira do lago e pus cerco ao acampamento. A princípio, Matias Paxiúba quis resistir. Houve um tiroteio vivo de mais de duas horas. Mas afinal, pela madrugada, os caboclos cobraram medo e começaram a abandonar o chefe. E como? Adivinhe o senhor doutor como aquela súcia fugia! Atirando-se à água. Muitos deles foram mortos a tiro, outros se afogaram, alguns foram comidos de jacarés. Quando descobri a fuga, mandei ativar o fogo. Ardeu uma das palhoças, e não tardou o fogo a pegar em todas...

– E os cabanos?

– Os que não se atiraram à água foram poucos. Mulheres e crianças morreram queimadas. Era natural. Nós não lhes podíamos acudir. O que é lamentável é que só se fizesse um prisioneiro, mas esse era de muita importância.

– Matias Paxiúba?

– Não. Um mulato, de Pernambuco, um sujeito perigoso, incorrigível, um dos subchefes do bando, talvez o mais importante de todos. Foi preso na ocasião em que saía de uma cabana, carregando aos ombros uma rapariga que disse ser sua filha.

Uma estranha emoção começou a apoderar-se de mim. Uma recordação viva acudiu-me à mente.

– E... esse mulato – perguntei, – era cabano?

O comandante encolheu os ombros:

– Ora essa! Está claro que o negou a pés juntos. Ninguém mais legal do que ele! Mas as provas eram indiscutíveis! Que fazia ele àquela hora, naquele lugar, saindo com a filha de uma palhoça dos rebeldes? Naturalmente não fora como amador assistir à peleja, em companhia da família!

– E afinal? – tornei com a voz embargada pela emoção, temendo saber a verdade.

– Afinal – voltou, impassível, o tenente-coronel Miranda; – afinal, o tal cabra era o único prisioneiro, por isso os legais lhe pouparam a vida. Foi processado e condenado a galés, apesar dos seus protestos de santinho de pau oco. Mas em Vila Nova toda a gente o conhecia por feiticeiro, mulato orgulhoso e altivo, inimigo dos brancos. Gabava-se de ter sido revolucionário em 1817. De forma que nenhuma voz se levantou em seu favor. Demais, era o único prisioneiro. Era preciso dar um exemplo.

– E se não fosse ele – acrescentou, sorrindo, o comandante, – esta não estaria cá.

E apontou, contente, para a fita que lhe ornava o peito.

– E a filha? – perguntei.

O tenente-coronel Miranda fez um gesto de desdenhosa indiferença, como se, da ignorância em que se estava do destino da rapariga, induzisse a natureza do seu fim.

Abaixei a cabeça procurando disfarçar a grande tristeza que me invadia o peito. Depois de algum tempo, perguntei de novo:

– O mulato foi para Fernando de Noronha?

– Quem, o cabano? – interrogou o comandante.

Depois de um sinal afirmativo meu:

– O cabano está aqui. É o meu troféu!

– Aqui! – exclamei agitado por uma emoção violenta.

– Sim, aqui, e o senhor doutor vai vê-lo.

Encaminhou-se para o lado em que ficavam as prisões. Segui-o vacilante. O carcereiro que nos precedia abriu uma porta e chamou um nome.

Um vulto assomou ao limiar.

– Como te chamas? – perguntou rudemente o comandante.

O homem ergueu a cabeça completamente calva e fitou em nós um olhar sereno e claro, e disse o nome.

Não era preciso que o dissesse. O meu coração havia-o reconhecido. Era Paulo da Rocha.

O pernambucano parecia ter mais de cem anos. Rugas profundas cortavam-lhe o bronzeado rosto em todos os sentidos. O corpo era de uma magreza extrema de vida que se esvai. Só lhe ficara o olhar, o olhar sereno e claro, e um sorriso de resignação e de bondade, o sorriso que teve Jesus de Nazaré no alto da cruz.

– Paulo da Rocha – exclamei torturado pela dor, – Paulo da Rocha, não me reconhece?

O mulato adiantou-se. Um lúgubre som de ferros acompanhou-lhe o andar.

Olhou muito tempo para mim. Não me reconheceu.

Mandei que lhe tirassem os ferros, que o mudassem para um cômodo arejado e providenciei para que lhe viesse o alimento da nossa casa. Depois dei-me a conhecer.

Paulo da Rocha chorou silenciosamente, abraçado no meu pescoço.

O tenente-coronel Miranda não quis se convencer da história que lhe contei. Aquele mulato não era cabano? Mas então como estava no Lago da Francesa? Como foi condenado? Não era possível!

Depois de um ano de esforços inauditos consegui o perdão do *velho do outro mundo*. O Imperador, maior, estava disposto à clemência. O antigo sineiro, porém, não viveu muito tempo. Apenas pude tirá-lo da fortaleza, levei-o para minha casa, onde dois dias depois expirou nos meus braços. Voou aquela sublime alma para o céu sem murmurar contra os seus algozes.

A sua memória, porém, vive no meu coração!

BIBLIOGRAFIA SOBRE INGLÊS DE SOUSA

ARARIPE JÚNIOR. *O movimento de 1893*. Rio de Janeiro, Democrática, 1896.

CAMPOS, Humberto de. *Carvalhos e roseiras*. Rio de Janeiro, Leite Ribeiro, 1923.

GRIECO, Agripino. *Evolução da prosa brasileira*. Rio de Janeiro, Ariel, 1933.

JOSEF, Bella. *Inglês de Sousa*. Rio de Janeiro, Agir (Coleção Nossos Clássicos, n° 72).

MARQUES, Xavier. Elogio a Inglês de Sousa. In: *Discursos acadêmicos*, V.

MONTELLO, Josué. A ficção naturalista. In: COUTINHO, Afrânio. *A literatura no Brasil*. Rio de Janeiro, José Olympio; Niterói, UFF, 1986, v. IV

MONTENEGRO, Olívio. *O romance brasileiro*. Rio de Janeiro, José Olympio, 1953.

OTÁVIO FILHO, Rodrigo. *Inglês de Sousa*. 1955.

———. *Inglês de Sousa, 1° centenário de nascimento*. s.l., s.d.

PEREIRA, Lúcia Miguel. *Prosa de ficção*. Rio de

Janeiro, José Olympio, 1950.
REGO, José Lins do. Inglês de Sousa e os naturalistas. In: *Autores e livros*. v. 1, n.º 4, 7 set. 1941.
RIO, João do. *O momento literário*. s.l., s.d.
SILVA SOBRINHO, Costa e. *Elogio a Inglês de Sousa*. 1976.
VERÍSSIMO, José. *Estudos de literatura brasileira*. Rio de Janeiro, Garnier, 1901-1907. 6 v.

GLOSSÁRIO

acapu – árvore da Amazônia, de madeira rija e duradoura.

acauã – ave cujo canto, emitido ao raiar e ao pôr-do-sol, é considerado agourento.

andador das almas – membro de irmandade que pedia esmolas de porta em porta para salvar as almas do Purgatório.

aningal – aglomerado de aningas, vegetação típica do limite da mata com os alagados.

artinha – manual de rudimentos de determinada matéria didática.

batatarana – espécie de trepadeira.

brasido – braseiro.

caba – marimbondo.

canarana – capim que cresce na água dos rios da Amazônia.

carapetão – mentira grande.

cavaco (dar o –) – irritar-se, aborrecer-se.

chibé – também chamado jacuba: pirão feito com água, farinha de mandioca, açúcar ou mel, às vezes temperado com cachaça.

chimpar – assentar com violência, pespegar, aplicar.
cuiambuca – o mesmo que cumbuca.
cunhatã – nome que designa, na região amazônica, mulher adolescente, moça.
embira – cipó.
escapa – escapada.
escápula – prego ou cabide para suspender objetos.
esgadelhado – desgrenhado.
estrompa – grosseirão.
forreta – pão-duro.
igarité – tipo de canoa.
japá – esteira feita de folha de palmeira, substitui a madeira nas portas e janelas, serve de toldo nas embarcações e para cobrir barracas, alpendres, etc.
madeiro – chifre.
maqueira – rede para dormir.
mará – vara para impulsionar a canoa e, fincada no chão, amarrá-la.
mezinha – remédio caseiro.
moquém – grelha de varas para assar ou secar a carne ou o peixe.
murixi, **murici** ou **muruci** – fruta avermelhada de uma palmeira amazônica.
murucututu – coruja do mato, invocada pelas mães da Amazônia para fazer as crianças dormirem: "Murucututu, sai de cima do telhado / Deixa esse menino / Dormir sono sossegado".

pacoval – bananal.
pacoveira – bananeira.
periantã – pequena ilha formada de gramíneas, galhos e barro, que se destacam das margens e descem pelo Amazonas.
pindoba – espécie de palmeira.
sairé – festa popular do Amazonas e do Pará, durante a qual o andor vai sendo carregado em procissão só de mulheres.
sezão – febre periódica.
tajá – taioba.
tananá – inseto da Amazônia que emite um forte som agudo.
tapuio – índio ou mestiço de índio.
tauari – fibra extraída da árvore de mesmo nome, usada para enrolar cigarro.
terçado – facão.
tipiti – cesto cilíndrico de palha, no qual se coloca a mandioca para ser espremida.
tucum – fibra tirada da palmeira de mesmo nome.
urutaí – o mesmo que maú. Ave da Amazônia de dorso amarelo pardo, asa e cauda negros, costuma emitir um grito parecido com o berro do bezerro.
vagado – desmaio.
ventrecha – posta de peixe, que se segue à cabeça.